看啊，杜甫笑了

黄梦帆 著

上册

文字有趣，角度特别，情节感人。
这是一本能让孩子迷上诗词的书。

团结出版社

图书在版编目（CIP）数据

看啊，杜甫笑了 . 上册 / 黄梦帆著 . -- 北京 : 团结出版社 , 2024.1
　　ISBN 978-7-5234-0742-4

Ⅰ . ①看… Ⅱ . ①黄… Ⅲ . ①唐诗—诗歌欣赏②宋词—诗歌欣赏 Ⅳ . ① I207.22

中国国家版本馆 CIP 数据核字（2023）第 239544 号

出　　版：	团结出版社
	（北京市东城区东皇城根南街 84 号　邮编：100006）
电　　话：	（010）65228880　65244790
网　　址：	http://www.tjpress.com
E-mail：	zb65244790@vip.163.com
经　　销：	全国新华书店
印　　装：	晟德（天津）印刷有限公司

开　　本：	170mm×240mm　16 开
印　　张：	31.5
字　　数：	420 千字
版　　次：	2024 年 1 月　第 1 版
印　　次：	2024 年 1 月　第 1 次印刷

书　　号：	978-7-5234-0742-4
定　　价：	86.00 元（上下册）

（版权所属，盗版必究）

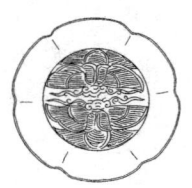

自　序

　　有一次在给孩子们上课的时候，即兴讲了杜甫的故事。我记得很清楚，讲的是杜甫在成都的那四年。那些孩子刚学过《江岸独步寻花》，满脑子只有"黄四娘"家的繁花。当我讲述杜甫千里逃难，带着一家人从长安到羌村，到天水，到同谷，经历千辛万苦，终于在成都过上相对安逸的生活时，孩子们都安静地睁大了眼睛。对他们来说，一千年太遥远，杜甫给他们的概念只是几首诗而已。而在故事中，他们才恍然大悟，原来杜甫的经历如此艰难。

　　当你对诗人的背景有了一定了解的时候，他的作品就不再深奥，而变成了一篇篇有趣的日记。李白的《静夜思》，那不是一个失眠夜的胡思乱想吗？杜甫的《石壕吏》，当你感觉到了诗人所见所闻之时，只有惊魂未定的颤抖；孟郊的《登科后》，是一个落魄中年在长安街头的狂喜释放；王维的《竹里馆》，你似乎能听到风吹过幽静竹林的声音；杜牧的《清明》，记录的不仅是"欲断魂"的行人，还有他垂涎的杏花村美酒……

　　孩子们一下子就迷上了我的诗词课。本来客串一下而已，这下子不行了，每次上课的时候，一张张小嘴巴就叽叽喳喳的，问我讲不讲

古诗？

既然孩子们喜欢，就没有拒绝的道理。但是我很快发现自己积累有限，对诗词知识的积累量太少了。怎么办？华山一条路——学习！知识不能弄虚作假，诗词不是吹牛侃大山就能讲的。

我着了魔似的买书。看各种传记，各种赏析，包括各种诗词论坛的视频……

当深入一点走进去的时候，我突然发现这里别有洞天！真的，跟之前对诗词浅显的理解完全不一样。诗人们在这里完全恢复了神采，他们穿越时空，活了过来。我看到李白亦癫亦狂的魔性步伐；我看到杜甫紧皱的眉头，风中凌乱的破旧衣袂；我看到风流倜傥的王维，在丛林的湖面上沉吟；我看到困顿的孟郊面对喧嚣，腾挪躲闪的眼神；我看到李清照院落里骄傲的海棠，也看到她乱世中孤独的背影；我看到苏东坡拄着竹杖，乐呵呵的，挨家挨户跟乡邻吹牛聊天讲鬼故事……

一年后的一天，一个五年级的娃突然告诉我，他要参加央视的《诗词大会》节目录制。原来，他在线上参与了节目的测试，而且通过了。

一个胖胖的男孩子，有一天向我展示了他刚买的一套《唐诗鉴赏》《宋词鉴赏》，兴致勃勃地说这套书太好了！

一个初一的孩子回来找我，说很幸运在小学听了我的诗词课，初中的古诗文学得特别轻松。

每一次讲课，总有那么一两个同学，在下面轻轻应和。很显然，他们对诗词的了解已经超过了其他同学。一交谈，原来是他们对诗词特别着迷，自己在家里查阅了很多相关网站，也特意去买了不少书……

改变自己，改变别人，还有什么比这个更欣慰的吗？

很庆幸的是，我在晚报担任教育版主编，这给了我一个"便利"——开辟一个诗词的栏目，影响更多的孩子，用通俗有趣的方式，把诗词的种子播撒。

于是，"诗词童话"栏目问世了。

每周一个专版，每个专版一个主题。

慢慢地，很多读者留意了这个栏目，喜欢上了这个栏目。

一个孩子的外公，有一天通过孩子妈妈传给我一首诗。老人每期必读，特别喜欢。写的诗，是他对"诗词童话"的有感而发。

有一段时间，办公室经常接到一个老人的电话，说要找我，希望可以跟我好好聊聊，并且强调，说是"诗词童话"的老粉丝……

黄玉兰，本地初中语文老师，因为共同的诗词爱好而成了无话不谈的朋友。对"诗词童话"的结集成书，黄老师一直在期待。

一个粉丝群，每到周二早上，大家就习惯地等我把版面上传，要是有事来不及，必然就有人等急了，发出"周二快乐"的暗示。

用心的家长，每一期的版面都要细心收藏，有的称要打印出来，装订成本，给孩子看，也给大人学习。

2021年初的一天，李国霖妈妈突然送来一本铜版纸印成的"书"——原来，她是把每一期的电子版直接打印了。

很多家长跟我说：老师，你出书吧。

……

好吧，有人喜欢，多么幸福的事！那么，出书自然也就是幸福了——对我来说，既是总结，也是鞭策。把自己的东西结集成书，人生很有意义的事。

谢谢千年前写诗的人们，是你们依然跳动的诗情文字，让我平淡的生活充溢了滋味。

谢谢喜欢"诗词童话"的朋友们，你们让我在不惑之年一头扎进诗词的城堡，阅尽风光无限。

做一本好的儿童书，就像种树，需要细心地劳作，也需要耐心地等待。我希望这棵树，能够"种给虫儿逃命，种给鸟儿歇夜，种给太阳长影子跳舞，种给河流乘凉，种给雨水歇脚，种给南风吹来唱山歌……"。（林生祥《种树》）

2023年10月于广西玉林

上 册

| 唐诗·序 | | 001 |

| 王　勃 | 老王家，总有全村最靓的仔 | 001 |

| 骆宾王 | 一嘴毒舌，他是一只愤怒的鹅 | 011 |

| 陈子昂 | 好不容易逆袭了，却在苦闷中死去 | 017 |

| 宋之问 | 诗写得很棒，可惜人品太差 | 027 |

| 韦应物 | "坏小孩"也能变老好人 | 037 |

| 孟浩然 | 我那么努力，怎么还那么倒霉 | 043 |

| 贺知章 | 疯狂的老顽童 | 053 |

| 张九龄 | 正直的宰相，预言了安史之乱 | 067 |

| 李　白 | 我的悲喜，连长江都装不下 | 073 |

王　维	世事太复杂，我努力活得简单…………………087
杜　甫	最牛的纪录片导演，却一生不如意…………103
岑　参	铁汉柔肠，可怜客死他乡……………………125
王昌龄	七绝高手，连李白都是他的粉丝……………133
白居易	唐诗"魔王"，一写诗就入魔………………141
刘禹锡	豁达的诗人，他就是打不死的小强…………161
柳宗元	写最冷的诗，过最冷的人生…………………169
刘　叉	霸气的人，连名字都很牛……………………175
韩　愈	老天再狠，我仍爱这个世界…………………185
贾　岛	写诗很苦，他愿意做个诗奴…………………193
孟　郊	听妈妈的话，我错了吗………………………201
戴叔伦	这个诗人很低调，做事超认真………………211
张志和	放皇帝鸽子，我愿意做个钓鱼翁……………217
李　绅	"悯农"的他，人品却众说纷纭……………229

唐诗·序

（一）

突然有一天，唐诗在我的生命中，就像突然打开的一扇门，豁然开朗。

那一刻，才知道并不陌生的唐诗，还有很多之前所不了解的东西。就像在某个自以为熟悉的居所突然发现某条暗道，兴奋，走进去，再走进去，深挖……

然后就发现了各种关联——

王绩是王勃的叔祖父；杜审言是杜甫的亲爷爷；杜甫是杜牧不同分支的祖先；王维极为陶醉的"辋川别业"，却是宋之问的故居；杜甫是李白的小迷弟，李白对他却不冷不热。安史之乱，杜甫投奔李亨，李白站队李璘，结果被抓，流放夜郎。而杜甫情况也好不到哪里去，虽然帮了唐肃宗很多忙，房琯之事还是让皇上对他毫不客气，贬到华州；孟浩然和李白是铁哥们，孟浩然和王维也是铁哥们，但是李白和王维却互不搭理；杜甫最后的时光，在长沙偶遇青春伙伴李龟年；韩愈是贾岛的伯乐，也是孟郊的朋友，孟郊去世，韩愈给他写了墓志铭，不仅不收润笔费，还出了一笔钱置办后事……

原来，唐代诗人之间就是一个庞大的朋友圈。

而循着这个朋友圈去"串门"，你还发现我们熟悉的中国唐代历史，很多个节点都有熟悉的身影。本来啊，诗人也是组成历史不可或缺的枝枝节节、花花叶叶。

比如武则天的霸道之下，曾经活跃着一个宋之问；可爱的骆宾王，留给我们的绝不仅仅是一首写鹅的诗歌，还有大骂武则天的愤怒；贺知章是个高寿诗人，在他的背后，站着一个预言了安史之乱的名相——张九龄；安史之乱中，李白、杜甫、王昌龄们或苟且偷生，或逃难，或寻求靠山，没有一个诗人能置之度外；在晚唐牛李党争中，李商隐是个诗人，而且是在党争中充当牺牲品的悲情诗人；而和他苦苦撑起晚唐诗坛的杜牧，也同样逃不掉牛李党争那张网……

这样的发现让我兴奋不已。我开始相信有人说过的——熟悉了唐代诗坛，就熟悉了唐代大半的历史。

仅仅读诗人，也足够让我们收获满满了。

所以如果你想培养自己对唐诗的兴趣，千万不要只顾着去看李白或者杜甫。多看几个，就会发现彼此之间的关联——就像小学时，同班同学都是相邻几个村的孩子，熟悉了以后逐渐发现，同桌小胖竟然是堂姨的儿子；班上的学霸李某某，他爸爸和我爸爸都熟得很；后桌的女生梅花，就住在我外婆家背后……

唐代诗人朋友圈的关系，要是再深挖，一定会有更有意思的发现。

这个时候，你会发现唐代似乎又回来了。诗人们鲜活地行走、喝酒、吟唱、开玩笑、骂人、说粗鲁的话，或者打架。

到这时，会不会就是研究唐诗的开始呢？

唐诗·序

当然，断是谈不上研究唐诗的。研究对我来说是太严肃的字眼，那是专家学者干的事。我和很多人一样，没有胸带"工作证"，我只是一个吃瓜的——这恐怕也不恰当，算是爱好者，就图个热闹吧。

即使就图个热闹，图个好玩，我仍然如获至宝。

（二）

走进来，才发现这里别有天地！

诗人们很伟大，但是又很普通。他们就像我们当中的一些普通人，都一样沾染着人间烟火。不要以为写出了"举杯邀明月，对影成三人"，诗仙李白就真的成仙了——唐肃宗将他流放到夜郎的时候，内心的恐惧谁能懂？而当一纸赦令犹如天上掉下的馅饼，砸在他头上的时候，"轻舟已过万重山"让他重回人间。喜极而泣，他同样像个孩子，手舞足蹈。

能写出《滁州西涧》，意境如此之美，你断然想不到韦应物曾经是一方恶少，祸害乡邻。唉，谁没有年轻过？只不过韦应物的年轻比我们很多人疯狂罢了。

孟郊凭《游子吟》树立了一个"中华大孝子"的形象。不得不说，孟郊对他母亲确实非常孝顺，孝顺到言听计从，母亲大人说什么他就做什么。46岁考中进士，完全就是在母亲的鼓励下，才最终"坚持就是胜利"的。但是也因为在母亲身影的笼罩下，他失去了自己独立思考、独立生活的能力。当官后，他并不适应社会，工作不踏实，或者根本不懂怎么跟人打交道，而古代的"官"总是要求全面，没有良好的处事能力就很难立足。结果，在官场过得异常艰难的孟郊，只能让上司

派人帮他做工，分掉他一半的薪酬……再后来，母亲看他实在不开心，便说辞职吧，不做也罢——孟郊再次言听计从，辞职了！不过，这次的辞职，相信就是他自己的意愿。只不过没有母亲说话，他还是不敢辞职而已。生活中，没有自己思考能力的社会人，你一定也见过——妈宝男啊，恨其不争！

……

时间的长河，不知道源头在哪里。我们只知道，它缓缓地流着，从我们所知道的时光流过。

时光留痕。这条长长的河，从来不缺乏浪花。

痕迹，就包括了诗歌。

永远闪耀光芒的唐诗！

公元618年—907年。那接近300年的时间，似乎专门拿来盛放诗歌的时空。

和所有的朝代一样，它也交织着政客的刀光剑影，交织着黎民的悲欢离合。但因为唐诗的浸润，这段时间长河变得如此柔软、多姿、旖旎。

我们把这289年分成三个阶段，每一个阶段，都是唐诗特殊的状态。或繁盛，或衰败。

这就是初唐、盛唐、中唐、晚唐。不同的阶段，都有不同的风韵。

一起领略吧。

王 勃

老王家，总有全村最靓的仔

宋有苏轼一家三人入选"唐宋八大家"。不过在初唐，有一户姓王的人家也是非常了得，同样一家出了三个牛人。和苏家的一父二子不同，王家是两祖一孙，两代人，中间隔了一辈。

有意思的是，王家两代三口，每一个都特点鲜明。老大王通古板自我，弟弟王绩外向潇洒，孙子王勃则将王通和王绩的性格都兼容了……

（一）

王家最德高望重的是王通，他是横跨隋、唐两朝的教育家、儒学家。

这个王老大满腹学问，关于教育方面的理论一套一套的。他确实不一般啊，所著的相关学术可是当时最有权威的。要是穿越到现在，就是妥妥的教育界专家，一年到头不断参加各种讲学、论坛的那种。

用"说一不二"来形容王通的做事风格毫不为过。这王教授啊，性格太自我了，他总觉得自己天下第一，别人做的东西全是渣渣。

他甚至没有把孔子放在眼里！

| 王 勃 |

那时候，王通收了很多弟子，每天坐在门前的小溪边讲学。讲学就讲学了，他偏偏觉得自己和孔子差不多。

尽管没人当真。

王通可是当真的。他给自己取了个名字，什么名字？说出来怕你惊掉下巴——"王孔子"，还将得意的弟子通通改名，什么"子贡""颜回""子路"的。晕了，那不就是孔子的高徒吗？

王通知识渊博，但他只写文章，对诗歌非常鄙视。在他眼里，写文章才是真本事，写诗，三五句就了事，那不是投机取巧是什么？

不喜欢诗歌，谁也管不着，可是他会因此对诗人们看不顺眼，这就过分了。对所有的诗人，他一个都毫不留情，全都怼了个遍，堪称隋末唐初评诗第一毒舌。谢灵运、沈约、江淹、谢庄等诗坛大咖，到了他的眼里分文不值，全逃不过他的口诛笔伐。

曾传有个叫李百药的史学家来找王通，也就是交流交流学术吧。本来啊，大家聊得好好的，王侃侃而谈，专家气质出众。但聊着聊着，李就是谈了一点关于诗歌创作的体会，王通立马变脸不理人。要知道，李百药这个史学家可不一般，曾经参与修编二十四史之一的《北齐书》呢，政治地位很高的。

王通就是王通，老子天下第一，不服你就不服你，你打我啊。

（二）

王通最恨诗歌，偏偏老天给他派来了个爱写诗，而且成为初唐第一个诗坛明星的弟弟——王绩。

万万想不到，万万想不到啊！

首先在性格上，王通固执古板，不苟言笑，弟弟王绩却性格豁达，开朗大方，每天喝酒聊天赋诗，那是一个逍遥快乐。

不过在古代，对兄长的尊重可是我们今天难以想象的。心里对大哥不满，嘴里还是要说好话，称赞大哥的成就啦，要好好学习大哥的著作啦等等。只是一转身，王绩还是喝他自己的酒，写他自己的诗。王通呢，在无数次苦口婆心对弟弟劝说后，发现收效甚微，也就懒得管了。

写着写着，王绩的名气就出来了。他写的山水田园诗，得到了大众的认可，诗坛的地位日益巩固，成了当时诗坛的第一天王。很多人都将王绩视为偶像。

最出名的诗，当仁不让是《野望》，寥寥几句诗，将北方农村的生活气息写得十分生动。

东皋薄暮望，徙倚欲何依。
树树皆秋色，山山唯落晖。
牧人驱犊返，猎马带禽归。
相顾无相识，长歌怀采薇。

——王绩《野望》

没走大哥的路，按照自己的喜好，王绩把自己"玩"成了初唐第一个名诗人。

哥哥不喜欢诗人，弟弟偏偏成为诗人，是讽刺呢还是讽刺呢？

| 王 勃 |

（三）

在初唐四杰中，王勃历来被人们排在第一位，足以看出老王家少爷天赋异禀。

16岁，王勃就意气风发，被授了个"朝散郎"文官，官职并不低。在今天，很多这个岁数的孩子还在整天想方设法躲开老师父母的视线，恨不能通宵玩"王者荣耀"的时候，王神童就已经是处级干部啦。

神童总是让皇帝另眼相看。这不，武则天盯上王勃了，让他进入"沛王府"，专门服侍二儿子沛王李贤的学习事情，也就是一个高级伴读书童。

本来啊，这就是一个让人艳羡的工作，清闲不说，还能跟着主子四处逛荡，吃香的喝辣的，想怎样不行？

坏就坏在从小让人仰慕的"神童"光环害了王勃，这光环已经让他有点不知所以了。

闲得无聊的皇子们总会想出各种玩的花样来消磨时光。有一段时间大家迷上了斗鸡，一有闲暇时间就找个地方，摆开斗鸡的阵仗，不来个鸡飞狗跳一地鸡毛不罢休。这沛王李贤哪里能例外呢，他养了很多好斗的鸡呢，在圈子里名气不小。

有一次，李贤和英王李显斗鸡。李贤志在必得，用他最得力的"鸡王"迎战对方。英王李显也不是吃素的，手上的"鸡王"也绝非等闲之辈。在一番遍地鸡毛的厮杀之后，还是沛王李贤的"鸡王"更厉害一些，将对手啄得落荒而逃。

本来不过是上百次斗鸡中寻常的一次而已，赢的，乐得笑笑；输的，暂时郁闷之后，不用多久就全忘了，一切重来。可是一直目睹了斗鸡全过程的王勃灵感来了，文情迸发，只花十分钟的时间就写了一篇《檄英王鸡》。

什么内容？无非是一些酒后的胡言乱语罢了，都是大赞主子的"鸡王"如何骁勇善战，将斗鸡的场景夸张描绘一遍。沛王看了，哈哈大笑，竖起大拇指一顿夸；英王看了几眼，侧头呵呵呵，说下次他赢了，也让书童来一篇。

可是这篇小文不知怎的就到了武则天手里。这可不得了，通篇激烈斗鸡的场面，让唐高宗李治看了非常不爽。在当时，皇子之间的关系非常微妙，甚至残酷，很多时候为了争夺皇太子之位大开杀戒。李治当然不希望在唐太宗李世民身上发生的惨剧重演，而王勃的《檄英王鸡》，在他眼里就是皇子之间的血腥争斗。

这不是挑衅吗？这不是在教坏皇子吗？

火冒三丈的皇帝很担心——谁知道以后会引发什么血案呢。于是对王勃一声令下——滚蛋！近墨者黑，他宁可让能力低一点的人来担当陪读书郎，也不能留这个隐患。

（四）

王勃的祖父王通是个骈文高手，到了王勃，这个9岁就能揪出《汉书注》一大堆错误的神童，继承了祖父的基因，骈文和诗歌都写得特别厉害。他的代表作，就是那首流芳百世的《滕王阁序》。

很多经典作品的问世，往往都是不经意之间就诞生的。《滕王阁序》

| 王 勃 |

的"不经意",简直让人为之咋舌。

被赶出宫廷之后,王勃跑到成都,过得很艰难。

公元671年,父亲一封信把王勃召回长安。科举考试咱得认真对待,这是改变命运的重要渠道。一收到信,王勃就马不停蹄赶了回来。

备考前,王勃有了一份工作。他的朋友凌季友当时为虢州司法,为他在虢州谋得一个参军之职。

一边工作,一边备考,以王勃的学神之能力,一切都不难。

可是厄运竟然找上门来了,匪夷所思得很。

某天夜里,王勃从书桌前站起来,活动活动一下身子,四周静悄悄的,万籁俱静,该睡了。

敲门声突然响起。王勃一惊,这么晚了谁呀?

门打开,栽进来一个浑身污秽的人,极度虚弱让他说不出话来。

好不容易让来人恢复了元气。一了解,王勃又惊又怕,这人叫曹达,是个被通缉的官奴。

这怎么办——把他支走?于心不忍,这样的身体,用不了几天就得死在荒野;报告官府?更是于心不忍!一旦官府把他捉拿了,哪里还有活路?

王勃矛盾得很。

毕竟是年轻人,遇到难题也没记得求助家人,一条筋走到底,总觉得是自己的事。

想得越多,心里就越害怕。这可是逃犯啊,我这不是窝藏罪犯吗?一旦被发现,那我就是死罪一条!

一连两天,王勃都在噩梦中醒来。极度焦虑,加上睡眠不足,让

这个年轻人面容憔悴。恍惚中，他做了一个连自己事后都无法理解的决定：搞死官奴！

官奴被弄死了，原以为谁都不会知道，很快就一了百了的，王勃却发现情况不是自己想象的那样。一介书生，纵然下了狠手杀人，毕竟胆量不够，很快就被发现了！

新旧《唐书》记载，王勃的事故是因情才傲物，为同僚所嫉，还有人怀疑是同僚设计挖坑给王勃跳。究竟为何，说不清楚！

可怜的王勃，一不小心就犯了死罪。对自己鲁莽的决定，如何买单？

也算他命大，刚好皇上天下大赦，王勃逃过一劫。

捡回一条性命，可是他老爸王福畤却被连累到了，从雍州司功参军被贬为交趾县令。交趾在哪里？就在如今的越南北部，当时可还是大唐的管辖地。

对一个孝子来说，朝廷对父亲的惩罚深深刺痛了他的心。

（五）

王勃孝顺，更何况老爸是因为自己而受苦的。25岁那年，他决定去探望父亲。途经江西南昌，到今天的北部湾海域坐船前往交趾。

到底是文学少年，尽管心情不愉快，但是一上路，他还是非常关注各地的人文名胜，这些地方可是文化交集点。

一路走啊走，王勃走到了南昌。著名的滕王阁，他自然要去瞧瞧。

来到滕王阁，王勃被拦住了。景点四周都已经拉起了警戒线，原

| 王 勃 |

来当地的大官阎伯屿大摆宴席，宴席结束后闲散人员才能上楼游玩。王勃是什么人啊，从皇室里走出来的，什么世面没见过？他大大方方地对警卫说跟阎伯屿很熟，是被邀请而来的。警卫们居然相信了，放行，王勃大摇大摆走进了滕王阁。

阎伯屿举行宴席，他的目的有点不可告人，想借这个宴席捧一下自己的女婿吴子章。这姓吴的倒是真的有点才华，写出来的东西也是不错的。阎伯屿事先让吴子章写好了一篇赞颂滕王阁的文章，算计着到举行宴会的时候现场征集文章，这样早有准备的吴子章不就是占据天时地利人和，成功打响名气了吗？

等到阎伯屿煞有介事地请在座各位赋文助兴的时候，人们纷纷推辞，谁都知道阎伯屿的醉翁之意，很知趣，心照不宣成人之美。

可是王勃恰好兴致勃勃呢，他自然不知道内情，听到这消息如何会放过，"我来写一篇！"拿过纸笔，略一思索就低头刷刷刷地写了起来。

结果等人一念出王勃写的《滕王阁序》，全场掌声雷动，都被他文章的气势所折服。阎伯屿一看，他的"好事"竟然让一个不认识的小伙子给搞黄了。这时候，他再也不好意思把女婿的文章摆出来了——没有对比就没有伤害。要怪，只能怪警卫不该让王勃入场了。

再一打听，阎伯屿才知道这有才之人竟然就是名闻天下的王勃，大喜过望，再也顾不上自己的女婿之事，痛痛快快地和王勃对饮了起来。

一次路过，成就了自己的惊天作品。

王勃带着了不起的荣誉告别南昌，进入广西防城港后，坐船出海，前往交趾。

第二年，王勃坐船返程。谁也没想到，他的人生就将定格在北部湾的这片海域上。海上起了风浪，长年在内地生活的王勃哪里见过巨浪滔天的场面？极度恐慌之下被小船抛进海里，不知所踪……

那一年，王勃26岁，他以年轻的生命告别了这个世界。唏嘘，感叹，天妒英才啊！

骆宾王

一嘴毒舌，他是一只愤怒的鹅

一个阳光灿烂的春日,骆家又来了客人。

骆家小男孩正玩着石子呢。老爹领了一大叔,笑眯眯地走过来:"观光啊,这是你大姨家的二舅的……专程来看你的。"

小男孩眨巴着眼睛,心想又来一个让我露一手的,今天都第八个了,烦!

客人弯着腰逗他:"观光,来一首呗。"

小观光丢下石子,往前望去。门前春水潋滟,柳枝轻拂,群鹅戏水。

"鹅鹅鹅,曲项向天歌。白毛浮绿水,红掌拨清波。"

脆生生的声音,就像背书那样,干净利落。念完,转身继续玩他的石子,留下目瞪口呆的来客,还有他老爹。

事实证明,不要轻易去试一个孩子,很可能他以后是你仰望的对象。

老爹暗暗叫好。这娃,门前戏水的一群白鹅都能给他带来灵感,太给老骆家挣面子了。明天还有人来试你,我就拉几头牛,或者赶来黑母猪,轮流着写"咏牛""咏猪"……

《咏鹅》就是那天开始流传出去的。方圆几十里,大家很快知道

| 骆宾王 |

老骆家的观光不得了，太神，七岁就一鸣惊人！

这样的传说，估计100年后，那个叫杜子美的"诗圣"一定不是第一次听说。于是他在六七岁那年的某天，也摇头晃脑地念了一首《咏凤凰》。估计因为凤凰只是传说而已，不是真实存在的，大家看得有点懵，所以流传度不高。要是"咏麻雀"或者"咏青蛙"，兴许还有共鸣呢。

不过勇于借鉴，这个杜子美的学习态度很赞，善于学习，所以后来他长成了杜甫。

而一炮打红的骆观光，没等长大就成了"骆宾王"。可能没人想到，此后的日子，历史的洪流让他在夹缝中长大。他依然那么牛，却练就一嘴毒舌。

多年后他还是喜欢写动物，从写大白鹅变成写蝉，写诗的地方从家门口变成大牢里……最后，他在喊出最惊世骇俗的骂言之后，悄无声息地消失在历史的洪流中。

想当年，七岁的他就像笔下的鹅那么天真可爱，谁能想到最后自己会变成一只愤怒的"鹅"，最终成为历史的悲剧角色呢。

22岁那年，骆宾王踌躇满志参加科举考试。隋朝才开始的科举选拔人才制度并不完善，很多时候考试结果和考生的社会资源有密切的关联，"拼爹"是众所周知的事情。

小骆同学不屑于寻找、使用社会资源。事实上，他也是没这个条件的，父亲是个小县城的县令，相当于现在的县长。更重要的是，骆爸爸在小骆很小的时候就已经去世。"拼爹"没办法，他只能靠自己。

考试结果名落孙山，没有任何悬念。

愤愤不平之余，小骆发表了一些对科举考试的感受，这个愤青决定离家远行。科举之门紧闭，只能另谋出路，凭一身才学，总能谋到一官半职吧。

来到长安，才气逼人，性格鲜明的骆宾王很快受到关注。唐高祖李渊的一个儿子李元庆认识了他，很欣赏，于是收到门下。李元庆有心让皇帝老豆拉一把骆宾王的，早就想好了说辞，恐怕也对父皇早有提示的，不过还得要他本人表明态度，至少也要让他爹知道你有什么本事呀。于是某天俩人在切磋学识的时候，一场让李元庆抓狂的对话开始了。

"观光老弟啊，眼看又一年中秋了，工作的事得抓紧咯！"

"呵呵，该是我的就是我的，哪里能强求呀？"骆宾王从袖管取出几张皱巴巴的招聘信息，叹息说眼下招的不是下水道清理工，就是送牛奶的快递跑腿，要不就是肉夹馍促销员，"我不想将就哦。"

李元庆吃惊地望着骆宾王，这傻小子，难不成你当我是一般人吗？他拍了拍小骆的肩膀："我命令你，今晚马上写一份简历，把你的特长写写，适当发挥发挥，明天带来，我负责交给我老爹。"

"哈哈哈……"骆宾王哈哈大笑，"不必了！我是什么样的人才，皇上迟早会知道，要我王婆卖瓜？呵呵，我做不到，绝对做不到！"

这个骆宾王，青年才俊的傲气让他拒绝了皇子的好意。注意，是拒绝，不是婉拒。

还没入仕，骆宾王就显示出了与众不同的清高、耿直。这也对他后来的职场，乃至人生命运无情剧透。

骆宾王的第一份工作是奉礼郎，负责掌管帝王祭祀等重要活动的

| 骆宾王 |

礼仪管理。可是，小骆经常直言不讳，不变通，很快就把人得罪了。不久，"骆奉礼"被排挤，被逼辞官。

此处不留爷自有留爷处，骆宾王跑到西域，当兵去。本以为军营都是爷们扎堆的地方，没有叽叽歪歪说闲话的人。谁知道待了几个月，竟感觉度日如年。一介文人，军营实在不适合他。

走！

经朋友介绍，骆宾王跑到四川，做姚州道大总管李义机的幕僚，为平定蛮族叛乱书写檄文。这恐怕是骆宾王最"专业对口"的职业了。但是没干多久，他看到有同事居然明目张胆贪污，这个眼睛揉不进一粒沙子的汉子觉得很别扭，不同流合污的正义感让他果断辞职。

这时候的骆宾王，在不断的职场变故中越发容易愤怒，年龄的增长根本无法让他变得平和。60岁那年，已经变成"老骆"的骆宾王回到长安，担任侍御史。你觉得他"安稳"做官了吗？才没有！这个老愤青老是止不住嘴痒手痒，对看不惯的人和事出口就是抨击，出手就是一连串的讽喻诗……结果，获罪入狱。

出狱后，老骆去临海当县丞。这次，他还是无法适应官场，到处都是看不惯的人和事……

于是又辞官……

话说当年的武则天羽翼逐渐丰满，野心不断膨胀，公然挑战李家皇族，篡位称帝。

武则天步步为营的过程，一朝大臣看在眼里，却敢怒不敢言。真篡了皇位之后，就不仅臣愤，民愤也来了。一开始，武则天也不在乎的，但是后来不得了，有不少反对者策划谋反。一场讨伐武皇的反抗运动

悄然铺开。

万事俱备，就差一篇够分量的讨伐檄文了。这样，才能激发更多的人起来造反。谋反头领徐敬业想来想去，这个活最适合骆宾王了。首先他文笔好，写文章特别拿手，更何况他是远近闻名的毒舌，写檄文轻车熟驾。他生活太不如意，科举不第，当官被排挤，做什么都被人压着挤着。这么多年来，骆宾王有吐不完的苦，说不完的牢骚。

果不其然，骆宾王一受到邀请，一拍大腿，迅速加入造反的阵营。老子憋屈那么多年，此时不反更待何时？横竖都活得那么累，管他什么武则天，造反兴许还有出路，不造反就一点没可能。

结果，愤怒的骆宾王一气呵成，挥笔写下言辞激烈的《为徐敬业讨武曌檄》。这是历史上最有名的檄文之一，从开头到结尾，通篇都是大骂痛骂，骂得淋漓尽致，骂得惊天地泣鬼神："残害忠良，杀姊屠兄，弑君鸩母。人神之所同嫉，天地之所不容……"

神奇的是，檄文到了武则天手里，女皇不仅没有被激怒，反而狠夸起骆宾王来，说这贼呀，文采那么牛，前所未见。然后又怪起负责科考的大臣，骂他们有眼不识泰山，怎么当初就漏了这个大才子。

可惜，这场造反只坚持了两个月就被剿灭了。徐敬业被杀，骆宾王呢，不知所踪。

关于骆宾王的生死，流传下来的版本有好多个，有乱刀砍死的，有赴水而死的，还有金蝉脱壳，死了替身，自己化身古庙寒僧的……

今天来说，哪个结局都已经不重要。透过身前身后，我们更清楚地审视骆宾王这个亦光辉亦黯淡的形象。赞叹一声，叹息一声——然后继续交给历史，让时间沉淀，任人评说。

陈子昂

好不容易逆袭了,却在苦闷中死去

杨慎,你是否记得这个明朝大咖呢?那个写了"滚滚长江东逝水"的大明三大才子之一。是他发现了陈子昂最伟大的诗作,要不是他,也许我们今天一谈到陈子昂,还有很多人一脸懵逼:谁啊?事实上,他在唐诗的历史上起到了很大的作用。从初唐宫体诗占据主流,到改变唐诗的内涵上,陈子昂起到了桥梁的作用。

对他在唐诗上的贡献,有关评论是这么说的。

"他是唐代诗歌革新运动的先驱者和启蒙者,第一个在理论上提倡汉魏风骨和风雅兴寄,反对齐梁彩丽竞繁的齐梁诗风,强调诗歌的社会现实意义。"

如果说盛唐的诗歌百花齐放,那么陈子昂必然就是唐诗率先开放的报春花。

某天,被流放到云南的杨慎又在读书。才子之所以是才子,不管在什么环境下身上都打着"认真"的烙印。这一次,他细心地发现一个诗人的小诗与众不同:前不见古人,后不见来者。念天地之悠悠,独怆然而涕下。

惊呆,杨慎被这首小诗震住了。就是从那时候开始,陈子昂戴着《登

| 陈子昂 |

幽州台歌》的光环为人们所知。而那时候，距离他写这首诗已经过去了800年。

闪烁在历史天空的唐朝诗人，如果不是从小就表现出惊人天赋的都不好意思出名。单说初唐，骆宾王不是吗？王勃不是吗？卢照邻也是啊，杨炯也没丢初唐"四大天王"的脸，10岁就在方圆几十里被赞为神童。

可是，陈子昂偏不是你想象中的"神童"。

童年和少年，别人在读书，陈子昂却在瞎胡闹，打拳弄剑，每天都在做行侠仗义的白日梦。写到这里，你是不是觉得跟几个人有点像？对啊，李白！是不是天下狂人的成长轨迹都涉嫌"抄袭"？

一天下午，陈子昂的母亲正在后院纺纱，突然外面闹嚷嚷起来，邻居家小哥哥脚踩风火轮似的跑进来，上气不接下气："大娘……不好了……伯玉他……"

陈子昂跟别人打架，把人给弄死了！

陈母给吓坏了。这娃，从小就那样，到处打打杀杀的，她总担心哪天会惹祸。这下真的来了，如何是好？

家人费了九牛二虎之力，陈子昂总算被保了出来，那一年他17岁，相当于今天高二学生的年龄。

面对惹祸的儿子，陈父陈母跟我们现在的父母一样，在一顿教训之后，"语重心长"地教育陈子昂，告诉他必须浪子回头，否则怎样怎样。

跟很多为孩子操碎心的父母一样，陈父陈母也以为这样的教育，

陈子昂不会听进去，好了伤疤忘了疼，最终还会我行我素。但是这一次，陈子昂居然听进去了。

这个浪荡公子，一场打架事故终于让他幡然醒悟。

现实生活也是如此啊。父母平时的说教都是耳边风，等到真的惹了祸，才真的认真反省，把父母的话当一回事。陈子昂很幸运，他有亡羊补牢的机会。

再也不能这样活！陈子昂丢掉棍棒刀剑，捧起书本，从此不离书房。

一个人，除非是自己想改变，否则别人是很难把他喊醒的。如今还陷在叫不醒孩子痛苦中的父母，真的是很容易理解。

这个17岁才开始学习的少年，从书里发现了前所未有的新世界，他的学识迅速增长。起步那么迟，却影响不了陈子昂的进步。

学霸的世界，一般人模仿不了。

初唐的长安，繁华如锦，生机盎然。

自我感觉学识不错的陈子昂告别四川射洪老家，山路水路兼程，来到长安。又在国子监进行一年的强化训练之后，陈同学壮志满腔参加科举考试。可是山外有山，在射洪小县城呼风唤雨，来到长安却是未必。

这次考试，陈子昂铩羽而归。

21岁的陈子昂有点郁闷，却越发激发了他的斗志。回到家乡，陈子昂更加发奋，他发誓两年后一定金榜题名。

也许所有的成功都需要失败做垫脚石吧，一次失败太少，两次失败也还不够。第二次赴考，陈子昂再次两手空空。

| 陈子昂 |

有高人指出，科举考试一是考才学，二是考人脉。学识再好，人脉稀薄，没有人愿意帮你推荐，主考官没有注意到你，科举考试比登天还难。

不就是人脉嘛！陈子昂家道殷实，但是社会关系一般，毕竟是小地方啊，拼爹不行，那就让我自己来。

陈子昂同学的思维能力超群，我觉得放到现在，一定可以在销售市场呼风唤雨。为什么？他的策划能力可真不一般！何以见得？往下看——

某天上午，长安西市，这个全国最繁华的贸易市场熙熙攘攘，车水马龙。

一个摆地摊的老人，面前摆着几把琴，声称那可不是一般的琴，祖传的手艺，连皇宫乐工都找上门定做的。这琴看起来制作还算精良，可是喊的价格却是高得离谱，上百万元——简直就是抢钱嘛。所以呢，围观的人特别多，愿意掏钱的没有，大家都指指点点，议论纷纷，有说琴很好的，也有说卖琴人很傻的。

唉，一句话——有谁那么阔绰，还那么傻呢？

围观的人越来越多，这时一个白衣小哥哥拨开人群，也没有多看，指着其中一把古琴朗声道："这把琴，小爷买了！"

哗，土豪啊，超级土豪啊！哗啦一声，周围的人都闻声围过来，围观的人更多了。

这下看的不是琴，而是买琴人。

白衣小哥哥正是陈子昂。他脑子坏了吗？两次考试失败就能把一个正常人刺激成这样？

眼看围观的人越来越多，陈子昂更兴奋了，举着琴，跳到桌子上大声宣布："这把琴是稀世之宝，前所未有。明天这个时候，就在这里，我来给诸位试奏古琴，诸位都来听听世上少有的天籁之音。"

上百万的古琴，弹奏出来的乐声能当饭吃吗？长安城的百姓奔走相告，就连很多朝廷大官也都知道了，大家都很好奇，相约第二天来听琴。

第二天上午 10 点，约定地点黑压压的围满了人。大家议论纷纷，有想听"天籁之音"的，有想看看"傻子"的，那样的盛况，堪称空前啊。

"主角"来了。一袭白衣的陈子昂玉树临风，风流倜傥，卓尔不群。

行礼，俯身，取琴，举起……高高举起——

全场鸦雀无声，这古琴是举着弹奏吗？难道真的是无知限制了大家的想象吗？

然而还没等人们回过神来，只听一声清脆的巨响，古琴应声被摔到地上，瞬间四分五裂……

就在人们惊得下巴都要掉了的时候，白衣小哥哥跳上桌子，大声道："我是四川来的娃子，名叫陈子昂。我写有很多诗歌，个人觉得比很多诗人都好，可是知道的人不多，今天我就想让大家看看我写的诗歌怎么样。"说完，陈子昂从袖筒里取出事先抄写好的诗歌作品，逐一分发。自己说自己牛，确实够牛。众人哗然，更加好奇，他的诗写得怎么样？可不要胡诌瞎扯，辣人眼睛啊。

| 陈子昂 |

众人传阅，个个都竖起大拇指，纷纷夸赞这些诗歌有意思，写得好。

恰好京兆司空王适也闻讯而来，抢了一份，略微一读，不禁拍大腿怒赞："此人必为海内文宗矣！"

"海内文宗"，这可不是一般文学爱好者能得到的评价。放到现在的中国文坛，也是那些一流作家才承受得起这样的名号。

陈子昂的名气立马飙升，无人不知那个砸琴的四川娃。这下相信陈子昂是营销天才了吧！花高价钱，获得比金钱更大的收益。这不就是做广告吗？对呀，陈子昂无论如何都算是中国广告炒作的鼻祖了。这可是比那种列队举牌满大街游走的宣传要高级得多。当然，这也要看"产品"质量，要是换成我，再买两三把天价的古琴，就算啪啪啪摔烂了，观众再看我那些狗屁不通的诗作，别说一下子美名天下扬，不群殴把我搞死就算幸运。

对陈子昂来说，这样好办了，很多人愿意为他举荐，这为科举考试铺平了道路。

25岁那年，陈子昂终于中举。

陈子昂，你不进军广告界实在太可惜了！

在古代，中举意味着当官，意味着生活从此不同。然而，这个"不同"可是有分别的，有的荣华富贵，平步青云；有的身在高位，却步步惊心。

陈子昂属于后者，而且结果是最不好的那种。

前面说过，陈子昂不进军广告界太可惜了，广告靠的一张嘴。陈子昂啊，成也那张嘴，败也那张嘴。

他的特点是爱说实话，直言敢谏啊，写的文章很是犀利，让很多

权贵很不舒服。这就意味着,初入官场锋芒太露,等着他的肯定有很多坎坷。

唐高宗在洛阳驾崩,武则天当时已掌握实权,命令驻洛阳的军队以及文武百官护送高宗灵柩回长安安葬,大家虽然觉得不妥,但也没敢说什么。让人吃惊的是,陈子昂写了一篇洋洋洒洒的《谏灵驾入京书》,将近两千字啊。文章的意思,大概就是说大唐现在还不富裕,干吗要劳民伤财啊,哪里都能葬,在洛阳就地安葬也不错的。文章最后一句让人记忆深刻:臣子昂诚惶诚恐顿首顿首,死罪死罪。

以一个草民身份跟皇帝写建议,虽然结尾的用语显出了"微臣"的语气,但绝对只是客套话,能写出这样的文章,陈子昂实在是大胆。

武则天是没有采取陈子昂的建议,但是记住了他这个人。对他的文采大为欣赏,过后不久,给他做了个"右拾遗"的官职。这样看来,武则天其实是个爱才的女皇,并非好坏不分。

但是很快的,武则天发现低估了这小子。那篇文章出自他的手,并非只是文采好那么简单,重要的是这家伙实在是太敢说了。该说的不该说的,他常常都是不管不顾,有时候弄得连武则天自己都很难堪。

相比一下,《谏灵驾入京书》根本算不上什么。

惹了皇帝,你可惨了。很快,不耐烦的武则天给陈子昂赐了个"参军"的职务,相当于参谋,随军出征。

本来嘛,在朝廷受够了冷遇的陈子昂,随军打仗本是他的兴趣,

| 陈子昂 |

该高兴才是。可是军队的"头"——武攸宜是武则天的侄儿，对陈子昂早有所闻，早就不屑一顾，更觉得一介书生来到军队根本起不到任何作用。所以，陈子昂任何的建议，武攸宜置之不理。后来陈子昂再上言，武攸宜不堪忍受他的"喋喋不休"，干脆将他降到军曹的位置。"军曹"属于什么官？管战马的，通俗一点说，就是"弼马温"。

朝廷上被嫌弃，在军队还是被嫌弃，陈子昂那个郁闷啊，如同浩荡黄河狂泻千里绵延不绝。

在一次行军的路上，陈子昂心情沮丧，郁结难解，走着走着就走到了古燕国的遗址，登上善用人才标志的"黄金台"，陈子昂悲愤难当，诗情迸发，一声长叹之后，念出一首很短，却震撼人心的诗：前不见古人，后不见来者。念天地之悠悠，独怆然而涕下。

然后，陈子昂挥笔，又是洋洋洒洒，这回不是写文章，而是写了一份辞职书。一代传奇诗人，意气风发进入官场，满腹郁闷离开朝廷。

疲惫的他以为看破红尘，回到射洪老家，从此养鱼种花便是一种解脱。然而他错了，回到家乡不久，莫名其妙的就让当地县令段简诬陷，逮捕入狱，敲诈了钱财不说，人最终被打死在狱中。

那一年，陈子昂42岁。刚过不惑之年，可是他注定永远解不开这辈子困住自己的那么多疑惑、苦闷。

后记

"前不见古人，后不见来者……"这首小诗字不多，却将诗人难

以言表的愁闷心情发泄得淋漓尽致。英雄无用武之地的诗人，多么盼望自己的一身才学得到朝廷的欣赏，为大唐的发展贡献力量。

可是，一个才华横溢的人，不一定能在官场有建树。一样很狂，李白的结局和陈子昂很相似。只是李白的狂是深入骨髓的，离开朝廷，他照样纵情山水间，尽情挥洒诗情。同是川籍的陈子昂，发出的是"独怆然而涕下"的悲号，李白写的却是"长风破浪会有时，直挂云帆济沧海"。如此看来，陈子昂和诗仙相比起来，眼界格局还是有差距啊。

宋之问

诗写得很棒，可惜人品太差

公元 656 年，在长安城一个官宦人家，一个叫宋令文的武官喜迎长子。这个长着一张漂亮脸蛋，让父亲看不够的孩子，就是我们要讲的主人公宋之问。

宋之问渐渐长大，后面又添了两个弟弟。

一个夏夜，凉风习习，宋令文将三个孩子叫到院子，排排坐。这个文武双全的宋老爷要测一下三个娃的兴趣，好在教育上有的放矢。

"爹，我要学武术，像爹您一样威风！"老三宋之悌生得虎头虎脑，的确有从武的模样，宋令文非常高兴，答应教他武功。后来果然不出所料，这老三成了屡建战功的武将。

"爹，我想学书法，我想成为虞世南大书法家那样！"老二宋之逊天生喜欢书法，还将虞世南当作学习的榜样。没问题，老爹教你书法小菜一碟。

到老大宋之问了。这小子长得最为标致，有一种让人看不透的冷静。面对几双眼睛的询问，他忽闪了几下眼睛，几乎面无表情："我要写诗！"

就算再文武双全，老爹宋令文也没有足够的底气来支持这娃的文

宋之问

学梦啊。但是看到宋之问坚定的眼神，他也没有反对的理由。表面上说支持支持，你真棒之类的话，内心却没底。唉，你以为鼓捣文字容易吗，文字功底要从小打基础，不知道要看多少书，写多少文章诗歌才能有点样子，能不能写出名堂来谁知道呢，我看难啊！

宋之问可不管，不就是学习吗？他有股狠劲，看书看得废寝忘食，非常投入。这样的努力认真，老父亲看在眼里，喜在心头。

果然，才19岁呢，宋之问就考上了进士。从小有目标，懂得努力的孩子就是不一样。

他的人品，就是从"狠"开始的。

宋之问的名气，尽管还没有大红大紫，但是起码在方圆十里，已经成为别人家小孩学习的榜样了。他的诗歌作品，陆续为人们传阅。宋令文松了一口气，这孩子全靠自己的一股狠劲，但是心里还是隐隐有点担心——宋之问异于他人的冷静，让他莫名有点担心。

知子莫若父，宋父的担心很快成为现实。

宋之问有个外甥叫刘希夷，也是个文学爱好者，偶尔也能写出一些叫人赞叹的诗歌来。

有一天，刘希夷屁颠屁颠的，带着一首诗跑来找宋之问："舅舅哈，帮我看看这诗呗，指点一下。"外甥比舅舅的年龄还大，但丝毫不影响学问的探讨，不得不说，这个小舅舅可是刘希夷的崇拜对象。

刘希夷写的诗不短，宋之问读到一半就不淡定了，他看到了自己很喜欢的两句——"年年岁岁花相似，岁岁年年人不同。"好棒的句子啊，我怎么就没想到呢，要是我能写出来，一定很快流行，一定会让很多歌女争相传唱的。那样，我的名气一定会噌噌往上……

这么想着，宋之问动了坏脑筋，趁刘希夷高兴得轻飘飘，喝了点酒更是分不清东南西北，便哄着他把诗歌转给他，骗他说这诗歌写得一般般，要是署上舅舅的名字应该能红。刘希夷迷迷糊糊答应了。

第二天酒醒，刘希夷想想不对，我好不容易写的诗，怎么署你宋之问的名字呀，到时候谁会相信这是我刘某人的作品，不亏大了吗？不行！刘希夷反悔了，说诗歌给我吧……

宋之问可恼火了，什么鬼啊，耍我呢！别敬酒不吃吃罚酒哈，我弄死你！

说到做到，宋之问历来如此，包括杀人。

于是，单纯的刘希夷，不明不白的就死在了舅舅的手里。

宋之问杀人的武器是一个装满泥的布袋子，刘希夷是活活被压死的。《水浒传》里有一种杀人法，就叫"土布袋"，袋子里装满泥，往人身上压上去，五脏六腑都能给压出来，小命岂能保住？

刘希夷不是比宋之问大吗，他怎么打不过呢？也有人说这个"舅舅"是生造出来，故意黑宋之问人品的。说按照推算，宋之问是长子，不可能有比他还大的外甥。但堂姐的儿子也可以叫他舅舅啊，谁说非得是亲姐呢。至于说小的打不过大的，那根本不成立。攻其不备，别说你大一点，就是真正的武林高手也架不住暗算。而且，史料上都这么记，就算不是真的，宋之问跳进黄河也洗不清了，谁让他的人品太差，这样的罪行不给他安还能给谁？呵呵，历史就是这样，坏人的故事都是坏的。

渐渐的，高富帅宋之问入朝为官，还跟初唐四杰之一杨炯做了崇文馆充学士同事。再后来，有才又能说会道的宋之问陪侍武则天，那可是了不得的职位了。

宋之问

宋之问暗暗告诉自己，一定要好好珍惜机会，争取飞得更高。

有一次春日，武则天兴致勃勃地率队踏春，花红柳绿。武后太开心了，令随从作诗助兴。

左史东方虬先来，这家伙诗才可真不凡，脱口而出。武后龙颜大悦，当场赏赐一件高级皮草。东方虬斜眼看旁边的宋之问，心里暗想，一个陪侍，你也配和我争吗？宋之问爱写诗他是知道的，但他难道不知道前辈的厉害吗？

正想着，只见宋之问甩甩衣袖，淡笑着上前献诗……结果一分钟后，东方虬身上的皮草就被扒了下来。相比之下，武则天更喜欢宋之问写的诗。他写的，其实算不上什么好诗，就是溜须拍马，迎合武则天的喜好而写罢了。

初次宫斗，宋之问首战告捷。这给他带来了很大的信心。

当然，宋之问可不满足于一件皮草。

他看上了武则天两个男宠张昌宗、张易之的地位。论颜值，论才华，论口才，我宋之问哪里输给他们？他觉得按照自己的条件，更有资格坐武后男宠的位置。

怎样才能做到这点呢？宋之问脑瓜子真的聪明，要让武后欢心，就得投其所好，她的生活起居有什么习惯就都要烂熟于心。要做到这一点，那先接近两张兄弟，跟他们混熟了，自然就会清楚一切了。

于是，宋之问对两张兄弟的态度，从一开始的瞧不起，变成了巴结讨好。平时什么好吃好玩的，都想方设法给他们留着，教他们写诗，甚至天天帮他们倒尿盆，为了爬得更高，豁出去了！

另一方面，宋之问又通过太平公主打听武后的喜好。

可是一年后，宋之问并没等到他想要的结果。

武则天倒也经常夸他，说他说话有分寸，说爱读他写的诗，说他工作踏实。但仅此而已！

宋之问忍不住了，于是特意花三天的时间，给武则天写了一篇长诗《明河篇》。后人说，那其实是一篇文艺化的情书，里面的很多用词用句都有些暧昧。不得不说，宋之问确实胆大包天。

忐忑不安地等待过后，宋之问等到了一个让他尴尬的结果——武则天留下一句话"吾非不知之问有才调，但以其有口过。"

"口过"就是口臭……天啊，我想宋之问该无地自容，羞死了。下一次见到武则天，不知得提前吃多少薄荷呢。

从此，宋之问彻底死了高攀男宠地位的心。但即使如此，他的地位也比很多人要显赫得多。

公元705年，武则天下台，唐中宗李显复位，昔日受宠的宋之问被贬泷州，即今天的广东罗定。

长途跋涉，显赫一时的宋之问深一脚浅一脚，终于到达了大庾岭。翻越这座覆盖着茂密丛林的山，对长期生活在宫里的宋之问来说，何止是苦不堪言！

眼前闪过一幕幕皇宫生活的画面——武后执政的岁月，那是多么难忘的日子啊！那一次陪着武后龙门踏春，几个文人助兴赋诗，那个诗文家东方虬自以为多么了不起，最后还不是凭靠我的一首《龙门应制》，硬生生把皇帝奖赏给他的锦袍夺了过来，霸气！那一次"彩楼之战"，才女上官婉儿做评委，我的对手沈佺期名气够大了吧？最后还不是靠我的那一句"不愁明月尽，自有夜珠来"让老沈气歪了嘴？

宋之问

多少次陪着武后出游赏景，多少诗歌信手拈来，让她笑得花枝乱颤……

可是一切都烟消云散了！武后下台，可以依附的人没了，转眼到处都是针对他的人。世态炎凉啊！

脚下的大庾岭，无数次在噩梦中遭遇的地方就在眼前。茫茫的山岭望不到头，这是中原和岭南交界的地方，走过大庾岭，便是"蛮夷之地"。

伫立在一处垭口，温热的风吹散已显稀疏的头发。五十岁，不再年轻了。

悲从心来，宋之问双眼潮湿。那一瞬间，他深感自由是多么可贵。啊，如果……如果有朝一日皇上大赦，让我回归朝廷的话，我一定会以更积极的姿态去面对未来。像贾谊那样去到长沙，却挑三拣四，我绝对不会那样。

触景生情，一首让世人称道的《度大庾岭》出来了：

度岭方辞国，停轺一望家。魂随南翥鸟，泪尽北枝花。
山雨初含霁，江云欲变霞。但令归有日，不敢恨长沙。

——宋之问《度大庾岭》

"魂随南翥鸟，泪尽北枝花"，一个"魂"，一个"泪"，将诗人远贬时失魂落魄的形象刻画得十分生动。结尾两句"但令归有日，不敢恨长沙"的点题可谓半两拨千斤，瞬间就升华了主题。而从宋之问自身的内心来说，他当然不敢恨，他凭什么恨？戴罪贬谪，他一点也不冤枉，在朝廷都做了什么，他自己最清楚。

一边哭丧着脸，一边寻找机会，逃离贬谪之地，是宋之问真实的内心。

来到罗定，你以为宋之问就会老老实实地接受"改造"吗？才不！第二年，这货终于瞄准一个机会，偷偷逃离贬地，潜回洛阳，躲在朋友张仲之家里。宋之问和张仲之关系不错，关键是张也挺大胆，敢收留一名逃犯。可见啊，宋之问即使人品很差，但是生死关头，人家老张还是愿意冒险相救。

毕竟是逃犯，宋之问只能天天缩在家里，实在憋不住了，也是遮着掩着出去附近溜达一会，生怕让人认出来。

有一天，实在是太难受了，宋之问咬咬牙，搭一块大毛巾就出门去。要是遇到认识的人，大毛巾随时可以遮挡一下。

正走着，突然迎面走来一个熟悉的身影，是老邻居张老汉。幸而宋之问有防备，一个转身闪进小巷，远远看着张老汉走远才敢出来。

好不容易回到洛阳，却不能回家，还整天躲躲闪闪，过的都是什么日子呀！

再也没有心思逛街，宋之问返回张仲之家里，一时悲从心起。在罗定受贬确实难过，但是在洛阳还是受罪啊。

诗人的灵感涌起，唰唰唰写下一首《渡汉江》：

岭外音书断，经冬复历春。

近乡情更怯，不敢问来人。

——宋之问《渡汉江》

最后两句太出名了，很多时候人们都会拿来表现自己回到故乡的微妙心情。然而很多人都没有想到，那是宋之问害怕事情败露的生动内心。

寄居在朋友家里，宋之问确实很幸运，危难见真情啊。可是张仲之万万没有想到，收留宋之问等于引狼入室，直接把自己给害了。

一天夜里，宋之问在半睡半醒中，听到张仲之在会客厅跟一个人低声聊着什么，生性多疑的他竖起耳朵一听，瞬间全身细胞都活跃起来，鸡皮疙瘩蜂拥而起。他听到了什么——张居然在跟来人密谋杀掉宰相武三思，武则天的侄子！

不得了！这可是我老宋扭转乾坤的大好时机！宋之问悄悄地、不动声色地联系上侄子，通过他来把张仲之的谋杀计划上报朝廷。

结果张仲之满门抄斩，宋之问自己举报有功，不仅被皇帝赦免，还重新回归了朝廷。

卖友求荣，宋之问把这个成语解释得精准到位。

救了武三思，宋之问自然就抱上了武的大腿。然而好日子不长，武最终还是被太子李重俊派人杀掉了。

政治风云突变，"大树"倒了，宋之问迅速转变，又抱上了太平公主。从武则天开始，大唐朝廷就不断出现厉害角色的女人，如韦后、安乐公主等。跟了太平公主一段时间，宋之问考虑再三，决定再投到皇帝的女儿——安乐公主阵营，毕竟皇帝的女儿总是比皇帝的妹妹吃香吧。

如此朝三暮四的政治立场让太平公主非常气愤，一怒之下，将宋之问之前的种种劣迹向皇帝和盘托出，包括为了争一首诗，把外甥刘希夷害死的事。

皇帝震怒，把宋之问发配到越州。没过多久，再贬到广西钦州，之后移到桂林。

重新踏上漫漫贬谪路，宋之问预感到了此去凶多吉少。事实上也是如此，他再也没有回来——唐玄宗上台后直接把他赐死在贬地。

宋之问经桂林，到达梧州，再经过浔江前往钦州，再次来到岭南"故地"，伤感的同时，竟然有一种亲切感。以前在罗定的生活，让他对这边的风土人情多少有点印象。

于是便有了《经梧州》：

南国无霜霰，连年见物华。青林暗换叶，红蕊续开花。
春去闻山鸟，秋来见海槎。流芳虽可悦，会自泣长沙。

——宋之问《经梧州》

从第一次被贬的"不敢恨长沙"到现在的"会自泣长沙"，我们能看到，他的心态已经不是从前，他预感到了自己的前路不会乐观。在今天的藤县短暂歇息，重新上船出发的时候，又写了《发滕州》。

几个月后，赐死的诏书送到。

大限已至，57岁的宋之问泪流满面。在他的内心，是悲愤？还是悔恨？抑或是一片空白？

韦应物

"坏小孩"也能变老好人

在唐代诗坛，我敢打赌家庭背景比韦应物牛的没有几个。

世代和皇家联姻，曾祖父是武则天时期的宰相，父亲是当朝大官，而且伯父啊堂哥们啊，不仅官位显赫，甚至还有几个是当时的著名画家。

有钱有势，还有才！怪不得当时长安城的百姓都说"城南韦杜，去天尺五"，韦氏家族谁敢不服？

韦应物从小很聪明，但是这娃任性得很，也不读书，整天就知道玩。久而久之，大家都知道了韦家少爷这个典型的富二代官二代，小小年纪就一身戾气，整天惹是生非，斗殴打架。

不读书，没文化，这些对韦应物来说都不重要。拼爹拼娘，要什么有什么，一切都跟玩儿似的。

果然，韦应物14岁时就有了一份极为体面的工作——唐玄宗的侍卫。

那可非一般的工作啊。皇帝出行，前呼后拥的那场面熟悉吧？侍卫就在皇帝左右、后侧，终日陪伴皇帝身边。

保护皇帝的工作，不是谁想当就当的。道路千万条，安全第一条。皇帝也不指望这些侍卫真的能保证他的安全，不过做个样子，营造气场罢了。但是这些人一定是值得信任的，绝不能在这里出现"荆轲"。都是"自家人"，"根正苗红"，有一大家族在这里做担保呢，谁敢作梗？

| 韦应物 |

这个 14 岁的文盲，就这样端上了"铁饭碗"，每天随着皇帝出门，狐假虎威一番，每月按时领俸禄，日子别提多舒坦！那时候，大概是家人的意思吧，韦应物开始进入太学。一个没上过学的，就能进当时的"北大""清华"，尽管不是正取生，但也是相当厉害了，没有皇帝旨意谁能做到？只是零基础的小韦，在这里能学到什么呢？

相反，任性的他，在这样的工作氛围"熏陶"下更加任性。虽然不是什么官，但是比很多当官的还要嚣张。越来越多的人对他另眼相看，不敢对他怎样——谁敢呀，一言不合就跟皇帝打小报告，你有几个胆？

不得不说，侍卫这份工作直接将韦应物的戾气推到极致。别人不敢惹他，他却主动惹人。横行乡里，喝醉了就发酒疯，被欺负的人敢怒不敢言。

后来韦应物回忆起自己的青少年时光，叹息之余写了一首诗，看看他声色犬马的岁月有多疯狂。

少事武皇帝，无赖恃恩私。
身作里中横，家藏亡命儿。
朝持樗蒲局，暮窃东邻姬。
司隶不敢捕，立在白玉墀。
骊山风雪夜，长杨羽猎时。
一字都不识，饮酒肆顽痴。

——韦应物《逢杨开府》

"少年的时候服侍明皇，狐假虎威，倚仗皇帝成为一个无赖。我

蛮不讲理，横行霸道，敢在家里窝藏亡命之徒……司隶校尉不敢逮捕我，因为我天天在皇帝的白玉阶前站班……那时候我是个文盲，天天饮酒放浪。"

啧啧，少年时候的韦应物实在讨人嫌啊。

如果日子可以这样一天天地下去就好了，韦应物也许这么祈祷过吧。那么滋润舒适的生活，谁不想呢。

可是天不遂人愿。

4年后某天一早，玩了大半夜的韦应物睡眼惺忪地进宫上班。到了才发现气氛不对，宫里一片混乱，一个个神色慌张，乱跑乱窜。一问，竟然是皇帝带着家眷逃跑了！满朝大官小卒全部被抛弃。

安禄山的叛军就要攻进长安城了。

韦应物瞬间被惊醒，困意全无，慌忙将穿到一半的工作服扯掉，转身就跑。

鬼儿精的韦应物抢在叛军攻进皇宫前跑了，很多大臣反应迟，都成了俘虏，包括我们熟悉的王摩诘——王维大诗人。

"沦落民间"的韦应物，失去了皇帝这棵大树的荫护，终于体会到草根生活的苦涩滋味：再也没有人毕恭毕敬地求他，巴结他，越来越少的人怕他，那种远见远偏的情景没有了。更不可思议的是，有些地痞流氓故意来报复他……

现实的残酷将韦应物"宠儿"的外衣剥去，他越来越迷茫，明天怎么办？明天我在哪里？这样的境遇他哪里会想过！

一天晚上，在拼命摆脱一条狼狗的狂追之后，韦应物勉强度过一个不眠之夜。狼狗是有人故意放的，以前得罪过的人。他知道，再也不能这样活，只有从头再来才有明天。

他决定认真读书！

韦应物重新走进太学，"城春草木深"的长安，太学名存实亡，先生还在，可是动乱中能学到什么？

更多的时候是在家里，他每天"鲜食寡欲，所居焚香扫地而坐"。从最基础的认字写字开始，一点点进步。

安史之乱的第二年，19岁的韦应物认识了元萍姑娘，两人情投意合，结为夫妻。元萍也是出身富贵家族，贤惠、善解人意而又饱读诗书，这给韦应物带来了很多帮助。

如果是一般的文学作品，韦应物一定是苦尽甘来，最后金榜题名——但现实很骨感，他并没有考上！

小韦同学很痛苦地反思，觉得这个结果对他来说并非不公平。知识是需要消化、积累、沉淀的，他在该学习的时候都用来挥霍了，知识严重断层，想靠日后狂补，漏洞太多，太难了！

妻子安慰他：至少你还有我，至少你还有诗！咱写诗吧，也挺好。"读书事已晚，把笔学题诗。"

安史之乱结束后，人才紧缺，有人推荐了韦应物，于是入朝为仕。不管什么时候，机会都垂青有准备的人。

重新成为朝廷"公家人"，韦应物却让人大吃一惊：他为人谦逊，业务求精，最重要的是真正为民着想——他变成了另外一个人。

在30多年的为官生涯里，由小韦变成老韦的韦应物大多数时间都在地方任职。不管身在何处，他都尽心尽责，得到当地老百姓的爱戴。在苏州，老百姓亲切地称他"韦苏州"。据说今天苏州的城隍庙里，

供奉的就有韦应物,还摆在第一位。

作为一个诗人,当官是本职工作,写诗是业余一大乐事。他的五言律诗水平很高,尤其是山水田园题材,达到了非常高的艺术水准。最熟悉的代表作,是收在小学三年级课本里的《滁州西涧》。

52岁疾病缠身、任期将到的韦应物躺在病床上,很痛苦地写了一首诗《寄李儋元锡》:

> 去年花里逢君别,今日花开又一年。
> 世事茫茫难自料,春愁黯黯独成眠。
> 身多疾病思田里,邑有流亡愧俸钱。
> 闻道欲来相问讯,西楼望月几回圆。
>
> ——韦应物《寄李儋元锡》

他说,我病倒床上,真想退休养老了,可是看到管辖地还有讨饭的流民,唉,真是愧对国家给我的俸禄啊。

这样的韦应物,谁不尊敬?回想他当近身侍卫那时候的表现,这反差太大了。

写完这首诗没多久,韦应物就结束任期,退了下来。按说,他是可以回到长安,等待朝廷另外安排工作的。但是此时的他身无分文,妻子元萍也已过世。他拖着病体,住在苏州郊区的永定寺——一个刺史,竟然没有回家的路费。

公元790年,韦应物在杭州去世,走完了他传奇的人生。这个和王维、孟浩然、陶渊明齐名的山水田园派诗人,把一个励志的人生故事留给我们，点滴品味。

孟浩然

我那么努力，怎么还那么倒霉

公元 724 年春天，孟浩然收拾行装，坐船，骑马，赶了半个月的路终于到达长安，租房子住下。40 岁的他，铆足了劲要为半年后的科举考试做准备。

如果这个世界真的有运气之说，那么我们的孟浩然大诗人实在是运气太背。科举考不上，甚至绝好机会到了眼前也抓不住。陪伴他一生的，是谁都不想与之为伴的一个词——失落！

要说老孟，在当时的诗坛可是一等一的大腕了。出生在书香门第，从小得到良好的教育，最关键是他天资聪颖，似乎对诗歌有特别的敏感，真正是每每出口成章啊。

不过也是怪，可能是家庭条件好，不需要考虑生计问题，他就是从来没有想过参加高考，从而踏上仕途。孟浩然过着衣食无忧的日子，24 岁之前一直在鹿门山看书写诗舞剑。后来，家人开始看不惯了，说你是不是该找点事做了，这样下去你跟书跟剑过日子啊？

孟浩然是个聪明人，想想也是，靠父母总不能靠到老啊。他果断走下鹿门山，一边游山玩水，一边结交朋友。

这一走，就是 15 年！

游山玩水，一直是中国历代文人骚客的爱好。李白不是吗？他和孟浩然相差 12 岁，算是忘年交，而且李白竟然是孟浩然的忠粉，除了诗歌上的互相欣赏外，我怀疑驴友的共同爱好也是关键。否则你再倾慕他的才华，没有共同语言又怎能长时间交往？

游山玩水的另外一个目的，是广交四方朋友，干谒公卿名流，为高考做准备。当时的高考风气，硬实力是关键，"后门"也是需要的。

这期间，孟浩然认识了王维，两人成为无所不谈的朋友。事实上，王维确实也很乐于帮他，只不过孟浩然自己不争气罢了。

在一干大腕的映照下，孟浩然的名气噌噌噌往上蹿。

有一天，孟浩然闲着没事，跟王维到他上班的地方玩。

王维忙着呢，他可没空照顾孟浩然，让他自己找书看，喝喝茶。

这里可是朝廷办公场所啊，一般人不能入内。结果还没多久，正在惬意地喝着茶汤的孟浩然，就听到有人大喊"皇上驾到"，一时间人人回避。

孟浩然吓了一大跳，这可咋办呀？情急之下，他索性钻到床底下，大气也不敢出。

王维心想，这可是最好的机会啊，唐玄宗对孟浩然的名气是有所闻的，也公开说过这人写诗不错，要是让他在皇上面前作诗，说不定不用高考就能直接破格录取呢。嘿，这可是最高级的面试啊。

这么一想，王维就跟唐玄宗坦白了，说孟浩然在这里，床底下躲着呢。唐玄宗哈哈大笑，说孟大诗人你出来吧，给朕来一首诗乐乐。

孟浩然很不情愿地从床底钻出来，灰头土脸的，头发上还挂着蜘蛛网，别提多狼狈多尴尬了。这货平时看着风流倜傥，这时却是另一副模样，根本看不出诗人的一点模样。

完了，什么诗合适呢？孟浩然脑子一片空白，又像是一团糨糊，根本就理不清头绪。抓狂啊……

但是绝对不能冷场，让皇上干等着啊。实在太紧张了，咱们的孟诗人一急就念出了他的《岁暮归南山》。

北阙休上书，南山归敝庐。
不才明主弃，多病故人疏。
白发催年老，青阳逼岁除。
永怀愁不寐，松月夜窗虚。

——孟浩然《岁暮归南山》

诗一念出，唐玄宗的脸色越来越难看。

一句"不才明主弃，多病故人疏"让他气不打一处来。

他忍不住爆了粗口："卧槽，你什么时候来求过官？没来过怎么说我嫌弃你呢？你怎么这样污蔑我！"（"卿不求仕，而朕未尝弃卿，奈何诬我？"——《唐摭言》）

唐玄宗拂袖而去，留下一脸懵逼、惶惶然的孟浩然。

一场好戏演砸，王维恨铁不成钢，但又没有办法。只好等到人群散去，再好生安慰孟浩然，先安心去参加高考吧。

那时候，孟浩然住在王维的府中，天天等待机会。就像初到珠三角打工的年轻人，住在老乡家里，天天流连于人才市场，天天憧憬天天失望。王维当然不嫌弃他，作为诗坛好友，他很乐意帮助朋友。

要说帮助，王维真的是尽力了。

那时孟浩然闯荡长安，心比天高，他相信凭借一身才学，找到一份工作应该不难。但是希望越大，失望便也越大。眼看在长安的日子越来越艰难，王维便将他接到自己的府中，吃住全一手包了。告诉他说先别急，"咱们一起努力，总会有机会的。"有这样的朋友，孟浩然应该是知足的。

休息的时候，王维哪也不去了，就带着孟浩然满长安的逛，到处搜寻招聘信息。可是太难了，不是岗位不满意，看上的岗位，人家又看不上你。

有一天，王维说有个老黄家泡馍的店要个文员。这家店档次比较高，有强烈的宣传意识，宣传文案要求很高。店里的文员要兼顾宣传工作，当然要熟悉广告宣传文案。孟浩然笑了，不就是文案吗？小菜一碟！最关键的，他是个吃货，专业对口！

面试的时候，店家让他给祖传十代的泡馍写文案。唐代诗歌横行，广告宣传的方式，诗歌当然也寻常可见。

可是孟浩然在丢了一筐废纸之后，痛苦地告诉王维说，这种吹捧别人的东西写出来很别扭。王维大笑，说也罢也罢，我就知道你不能

让别人牵着鼻子走。

那可不是吗？皇帝老子要你写一首诗，你差点尿裤子了，最后还送了一首骂人的诗，差点没气死皇上。科举考试的命题作文，你写得一团糟，哪里有孟夫子的半点影子？

他啊，确实就喜欢在自由状态的环境下写东西。你看他偶尔在老友家吃了一餐饭，意犹未尽，回来就写了《过故人庄》。

> 故人具鸡黍，邀我至田家。
> 绿树村边合，青山郭外斜。
> 开轩面场圃，把酒话桑麻。
> 待到重阳日，还来就菊花。
>
> ——孟浩然《过故人庄》

按照解析，鸡黍指的是鸡肉和大米饭，但是也有说"鸡黍"就是一道名吃的名称，一如"黄米饭焖鸡"。要是一道名吃的话就好玩了——如果孟浩然也能把人家的泡馍店写成这样，还愁没有工作吗？

作为朋友，王维已经尽力帮忙了。从"皇帝面试"，到小店面试，他都没能突破自己的心理障碍。

一天晚上，哥俩坐在庭院喝茶。满天星斗，天空黝黑深邃，虫鸣阵阵。

沉默片刻，孟浩然给王维敬了一杯茶，欲言又止。王维看出来了，郁闷的孟浩然，应该有话要说。果然，孟浩然告诉老王，他想回家，

| 孟浩然 |

不想再折腾了。

"也许在襄阳老家也不错,鹿门山圣地,可以潜心作诗。"王维的安慰,让孟浩然心宽不少。

几个月后,已经身在襄阳老家的孟浩然,确实如王维所说那样优哉游哉,开门见山,低头看水,每天浇园种花,作诗喝茶。很多令人叫绝的田园诗,就是这个时期创作出来的。

一直心心念念朝廷为官的梦想就此放下了吗?没有!

回到老家的孟浩然,又过了一段田园生活,到底还是不服气,还是想再拼拼。他想,就算考不上,凭我的一身才学,谋个一官半职总没问题吧。

他重整旗鼓,认真构思,给当时的名相张九龄写了一首诗《望洞庭湖赠张丞相》。目的很明确,想通过张九龄来求得一官半职。张九龄很赏识他,关键是这个来自广东的宰相一身正直,但凡是有真才实学的人,他都不愿意错过。

> 八月湖水平,涵虚混太清。
> 气蒸云梦泽,波撼岳阳城。
> 欲济无舟楫,端居耻圣明。
> 坐观垂钓者,徒有羡鱼情。
> ——孟浩然《望洞庭湖赠张丞相》

今天想想,这首诗如果在当初王维办公室里的时候,孟浩然把它呈给唐玄宗的话,结果恐怕是不一样的,那是一个渴求进步,渴求为

国家贡献力量的诗人形象啊。

一代名相张九龄没有叫人失望,孟浩然的见赠诗让他看着非常喜欢,爱才之心让他迫不及待地将老孟举荐给唐玄宗。

"谁写的?好诗!有魄力!"唐玄宗刚看了开头两句就忍不住拍大腿狂赞。

"皇上,这个诗人去年考试落榜了,是个不可多得的人才,刚好有个文散官被流放到柳州,尚未补上,皇上您看是不是……"以张九龄的风度,这点提议一般都没问题。

"哦,诗是好诗,人长得怎样?"文散官对形象还是有点讲究的,唐玄宗可不想要个像宋之问那样的口臭鬼,末了又问,"叫什么名字?我怎么不知道有这样厉害的诗人在野呢?"

"他叫……"张九龄有点担心,毕竟上次孟浩然的牢骚诗一直让皇上不爽,不知道他是不是还在意,也许政务繁多,但愿他早就忘记了吧。嗫嚅了一下,张九龄终于吐出了三个字——"孟浩然"。

"啊——"唐玄宗一下子差点跳起来,手中的诗稿飞到了一边。

"让他滚,坑货!"老板生气,后果很严重。

张九龄无话可说,只好退下,心里默默对孟浩然说对不起:"孟兄,我只能帮到这里了,对不住了。"

张九龄不忍心看着孟浩然失望,给他提供了另一条线索:道教上清派第十二代宗师司马承祯隐居在天台山玉霄峰,当年武则天非常看重他,唐睿宗甚至将他引进宫内,专门询问阴阳术数与理国之事。受到先帝的影响,司马承祯在唐玄宗的眼里也有着非常高的地位,是皇帝身边实打实的红人。要是能得到司马承祯的引荐，恐怕皇上也不好拒绝了。

"他不认识我，那么冒昧，人家会理我吗？"孟浩然有点忐忑。

张九龄哈哈大笑，说你太小看自己了，你在诗坛名声震天，司马承祯早就认识你，早就想和你切磋切磋田园诗了，他的文学修养也是很高的，放心吧。

孟浩然大喜，赶紧收拾行李，赶到长江码头边乘船出发。

半个月之后，孟浩然终于来到了天台山。可是命运再一次捉弄了老孟，门卫保安告诉他，司马承祯前两天刚出发去了洛阳……

孟浩然愣在那里，半天没缓过来。等是不可能的，司马先生没有买动车票，就靠一辆吱呀吱呀的马车，从天台山到洛阳不知道要花多长的时间，更何况路上不知道还要拜访多少朋友亲戚呢，那不至少得半年的时间？

算了，孟浩然将精心准备给司马承祯的见赠诗揉成一团，丢进路边的茅厕，转身噔噔噔跑下山去。

长江的小船上，孟浩然仰天长笑。"够了够了。"他自嘲自己，"见过皇帝，见过宰相，有王维做哥们，有李白做粉丝，我别无所求了！"

这个农民伯伯，"花落知多少"？

从此，孟浩然安心留在襄阳老家，平时种地种瓜，空闲的时候喝喝酒，会会朋友，写写诗。正是与世无争的生活状态，酝酿出了老孟

流芳千古的《春晓》《过故人庄》。最失落的唐朝诗人，却收获了最耀眼的田园诗歌，是阴差阳错？还是造物弄人？

贺知章

疯狂的老顽童

在古代诗人中，如果要搞一个寿星排行榜的话，冠军无疑是贺知章的，他活了 86 岁。而亚军已经是 500 年后南宋 85 岁的陆游了。在平均寿命只有 40 多岁的唐代，这个年龄确实牛。

对长寿的秘诀，现代人研究结果归结于多种原因，其中有一条似乎是最有共识的——就是心态好，乐观。这一点放在贺知章身上非常吻合。虽然隔了一千多年，隔着时空，透过他留下的诸多诗句，似乎都还能清晰地感受到一个老顽童特有的调皮风趣。

（一）

"狂"，对一个人来说可能是贬，可能是褒。

对贺知章来说，当然是褒的。别人做官，伴君如伴虎，朝不保夕，他却左右逢源。靠的，来自实力之内的一种"狂"劲。

公元 744 年的一个傍晚，越州永兴（现浙江萧山），正是炊烟四起的时分，几个顽童在村口嬉笑玩闹甩陀螺。不经意的就噔噔噔来了一匹驴，驴上下来一个白花花胡子的老爷爷，老人左右张望，笑眯眯地看着孩子："娃们，我来跟你们玩吧？"

孩子们愣住了，他们何曾见过那么老的人？何曾见过那么老却又如此有玩心的人？

只见老人稍微琢磨了一下，一开始还有点迟钝，但很快就玩了起来，玩得越来越顺溜。孩子们都不禁欢呼起来，雀跃着和老人比赛。

玩着玩着，一个孩子好奇地问："老爷爷，您从哪里来？您是哪个村的？"

老人站起身来，哈哈大笑："我从长安来，我要找你们的爷爷。"

"真的吗？"孩子们都停住了游戏，"可是我们不认识您呀，我们爷爷认识您吗？"

"说不定，"老人收住笑容，"看，那是谁的爷爷来了？"

从村口方向走来一个老人。

"季真啊，你终于回来了。"来人走到很近，端详一番脱口而出。村老认出来了，这个白胡子老人，就是离家几十载的贺知章。

古老的永兴沸腾了。前不久皇帝下令在附近修建道观，大家都说贺知章要回来。这下子见到真人，没想到那么快，乡亲们奔走相告。在当时，贺知章的名气在当地绝对是最大的，这个"四明狂客"让乡人获得了足够大的自豪！

《回乡偶书》就这样诞生了！1275年后的今天，读起这首诗的时候，诗中的画面依然是那么生动，生动得让人热泪盈眶。

少小离家老大回，乡音无改鬓毛衰。
儿童相见不相识，笑问客从何处来。

——贺知章《回乡偶书·其一》

这是其中一首，《回乡偶书》其二同样非常精彩。

离别家乡岁月多，近来人事半消磨。
惟有门前镜湖水，春风不改旧时波。
——贺知章《回乡偶书·其二》

两首《回乡偶书》都是触景生情，其一看到了儿童，其二看到了镜湖。离家几十载，儿童自然不相识，但是镜湖水却微波依旧。这样的"景"，让贺知章更是感慨岁月的悠长，感慨叶落归根的满足。

回到家乡没多久，贺知章就驾鹤西去。原来，两个月前的一天夜里，贺知章梦到死去多年的爷爷，爷爷告诉他乡亲们都想他了，让他回家去。于是贺知章上书辞官。唐玄宗再有不舍，还是拗不过，只好安排百官欢送他衣锦还乡。

要是没有那个梦，要是唐玄宗没有那么开明，不准奏的话，贺知章的晚年不知道要留下多少遗憾，而那一首中国人从小就熟读的《回乡偶书》就不会出现。

直到今天，贺知章的"老顽童"形象仍然让人津津乐道。

"老顽童"，性格自然是极端的外向，外向到让人觉得"很狂"。

唐代诗人给人的感觉是一个比一个能喝，不喝点酒都不好意思说自己是写诗的。李白很能喝吧？走到哪喝到哪，喝了就醉，醉了就写，把酒喝到如此高的境界，很多人都觉得他是唐朝诗人中最能喝的。其实不然，最能喝的，是李白的伯乐贺知章。（为什么是伯乐？因为是贺知章喊的"谪仙人"；李白入朝为官，也是贺知章推荐给皇帝的。）

| 贺知章 |

杜甫在诗歌《饮中八仙歌》中，将贺知章排在了第一位。

"知章骑马似乘船，眼花落井水底眠。"

这个贺知章啊，无酒不欢，喝了酒以后就癫狂得可爱。他的癫狂可不是发酒疯，而是非常有特点。你看看，贺知章喝了酒，骑马的时候乘着醉意左摇右摆，摇头晃脑的，吟诗是一定会做的事，估计还会高歌一曲吧。杜甫也不知道听谁说的，写贺知章"醉骑"，摇晃得太厉害了，不小心晃掉下来，掉进井里，直接就睡着了。呵呵，老杜是开玩笑吧，假设那口井是枯井，掉进去不挂也残了，还能睡？假设井是蓄满水的，掉进去怎么睡？还水底眠呢，那该是长眠了。我猜啊，老杜说的"水底眠"未必真实，应该是井旁更合理一些。马载着贺知章走过水井，也许是口渴难耐的缘故，老贺挣扎着下来喝水，也许刚好凑巧，来到井边的时候自己掉下来了——干脆就躺在井边歇息吧。

我们都知道李白的《将进酒》，"五花马，千金裘，呼儿将出换美酒，与尔同销万古愁。"很牛吧？很多时候，为了喝酒，不仅仅是李白，很多诗人都习惯了拿身上的东西来换酒喝，杜甫也是，他"朝回日日典春衣，每日江头尽醉归"。有人说李白是夸张的写法，按照他的经济能力，不可能有千金裘、五花马来换酒喝的。我更相信这样的说法，毕竟诗仙的作品啊，信口开河就来，管你是不是真的，只要诗写得够厉害就行。

如果真的是这样，那么李白的"五花马，千金裘，呼儿将出换美酒"十有八九是跟贺知章学的，你信不信？

贺知章比李白老了43岁，李白怀才不遇的时候，是老贺举荐他入朝为官的。贺知章很赏识李白，两个人因此成了忘年交，经常一起

喝酒写诗。

有一次,李白又蹭贺知章的酒喝,那是在长安的酒肆里。一顿酣畅淋漓的对饮之后,该走了,老贺一摸荷包,哎呀,没带钱!糗了,怎么办?何况李白没工作,更加没钱。情急之下,老贺摸到腰间,将挂着的金龟解下来,丢到前台:"酒钱就这了,够没?"

不管是酒店老板还是李白都瞪大了眼睛。这金龟可不是一般的小玉石挂件啊,那三品以上的高官才能佩戴的饰物,怎么可能轻易拿出来典卖呢?

"走!"醉意缥缈的贺知章一挥手,带着李白"飘"出了酒店大门,"心疼啥呀,宝贝还会再来的。"

多年以后李白写《将进酒》的时候,是不是恍惚间想到了贺知章金龟换酒的旧事?

在老杜排名的"饮中八仙"中,"张旭"我们也熟悉吧,"张旭"的草书,可是唐朝三绝之一。这"草圣"怎么也混进"酒缸"来了?你不知道,张旭和贺知章可真真是酒肉朋友,这俩"酒鬼"形影不离,除了酒之外,把他们连在一块的还有最重要的"书法"。哼,别以为贺知章只会写诗,他同样是书法家,名气可不是盖的。

贺知章嗜好书法的程度,说来你也许不信——天天练字,练到家里没纸了,就约上张旭一起,让仆童背一缸酒跟着,俩人带上笔墨逛去。逛哪呀?到处逛呗,他们的目标是一面干净洁白的墙壁,找到了不管三七二十一就在上面写字。这得多疯狂才做得出来啊,"乱写乱画",放到现在早让人当疯子打残了,可他们是书法家啊,能让书法家把墨宝留在墙壁上也是很值得炫耀吧。不过要是遇上不解风情的主人,觉得毁了他"洁白的墙壁",恐怕也让臭骂一顿吧。

有一次,哥俩又晃悠着出门了。在长安郊区走着走着,一幢漂亮的别墅出现在眼前,树木葱郁,鸟语花香,关键是——有漂亮干净的新墙,那可是最让贺知章和张旭流口水的。

毕竟是豪宅人家,哥俩还是有所顾忌,不会提笔就一通狂写。正打量着,主人真的就走出来了:"你们……有事吗?"

"你好你好,我们是路过这里的,看到你家别墅实在太漂亮了,就进来看看。不介意吧?"

看看当然不介意,不过怎么看着有点诡异呢?主人有点狐疑。

"主人不相识,偶坐为林泉。莫谩愁沽酒,囊中自有钱。"见到主人迟疑的样子,贺知章冷不防就随口念出了一首诗,这就是著名的《题袁氏别业》。诗歌的意思,是"我们确实不相识,我到贵府来只为了欣赏美景。别担心没有钱招待我,我兜里大把钱,请你一起喝酒吧"。

贺知章的"调皮"让主人忍俊不禁,一聊,才知道自己有眼不识泰山,面前竟然是名闻天下的贺知章和张旭。结果呢,不用说你也猜到了,好酒好肉相待,末了,贺知章乘着酒兴把刚才的那首诗一挥而就,留在了袁家洁白的墙壁上。

可以想得到,那时候长安周边的人家可真有福气,一不小心就能获得名家的墨宝,赚翻了。没办法,这俩活宝从来没有将自己的才华商业化,只是兴趣挥洒罢了。哪里像现在,一个三四流的书法家画家,随便一幅涂鸦作品都能狮子大开口。

贺知章有个癖好,更能说明他痴迷书法的程度。

天天练字的结果，是纸张告急。练字太费纸了，在当时纸可是金贵，再殷实的家底，这么耗纸也是伤不起啊，于是，他会想方设法，抓住一切机会练字。

名气大了，慕名前来求字的人很多，贺知章也是有求必应，那不是练字的机会吗？书法达到癫狂的他，一天不写就难受。预防有差错，求字的人一般会预多几张纸，而就是这些预备的纸，基本上都让贺知章全拿来写字了。

于是，在贺知章的寓居，经常会听到这样的对话。

"带了多少纸？"

"五张。"

"拿来吧。"

"你呢，多少纸？"

"一捆呢。"

"好，全部拿来，写完你再走哈……"

……

怎么样，狂吗？

（二）

贺知章作为古代最长寿的诗人，是个出了名的"好命人"。长寿也就算了，偏偏他的运气啊，一辈子都好得出奇。好到什么程度？好到作为朝廷高官，别人是伴君如伴虎，他始终如鱼得水，在皇帝身边顺顺当当做了五十年的官。皇帝什么事都要问过他，否则就会不放心。就连他去世以后，还要给封个更大的官，感觉唯有这样才对得起老贺他。

人比人气死人，相比很多官员朝不保夕的境况，贺知章的"好命"让人羡慕之极，可是谁也学不来啊，毕竟性格是从娘胎里带出来的。贺知章的性格中，除了乐观向上之外，还有一个最重要的特点，就是"会夸人"。

　　夸人，那不就是拍马屁吗？错了，都是夸人，就看你怎么夸了。为了取悦对方不择手段而夸，那是拍马屁。贺知章的夸人可不是这样，人家是真心实意地夸，夸得恰到好处，不显山露水，不单纯为了取悦对方。

　　说到底，"夸人"成全了贺知章一马平川的传奇一生，也成全了他留在唐诗史上"诗狂"的地位。

　　44岁那年，张九龄被罢相，离开长安。这怎么说都是郁闷的事情，更何况是为小人所害。

　　张为人正直，朋友众多，被贬的时候大家都对他说表示同情的话，安慰他。千篇一律的话听多了，自然无感。

　　贺知章专门设了一个酒宴送别张九龄。酒过三巡，贺知章流着泪，动情地对张九龄说："这些年啊，多亏了您的庇护，兄弟我自是感激不尽啊。"

　　张九龄有点发愣，他想不起自己给贺知章什么特别的庇护："言重了，很惭愧，我并没有给你什么特别的照顾的，都是该做的而已，你何必客气？"

　　"不不不"，贺知章连连摆手，"您在的时候他们都不敢叫我'獠'，您说我沾了您多少年的光呀！"

　　"獠"是古代中国南方的一个古民族的称呼，把一个人称作"獠"，是当时北方人对南方人不尊重的称呼。张九龄是广东韶关人，因为他

的威望，官员们才不敢不尊重同为南方人的贺知章。那么小的事，贺知章都感恩在心，由此可见他情商很高。

谁都想夸皇帝不是吗？这可是很值得斟酌的事，夸什么？怎么夸？尺度怎么拿捏才合适？弄不好是要掉脑袋的。

贺知章可没那么战战兢兢，他夸皇帝啊，直接让皇帝听得通体舒畅。

公元725年，国力昌盛，唐玄宗准备举行泰山封禅，祈求天下太平，大唐江山永固，百姓安居乐业。对皇帝来说，这是非常慎重的祭祀，择时很关键，偏偏当时负责择时的团队分成了两派，一派主张清明封禅，一派主张开国之日封禅。究竟选择哪个时辰呢？这让朝廷费尽了脑筋，唐玄宗也拿不定主意。

这时候贺知章来了，他只说了一句话，一切纷争就此停歇，封禅的日期也立马敲定了。

贺知章说："你们别吵了，封禅都是为老百姓做的事，为民办事天下最大，至于封禅的日子，纠结太多有什么意思呢？"

一语惊醒梦中人！唐玄宗非常高兴，当即决定择日不如撞日，三天后就去泰山封禅！

正是贺知章一句朴实无华的话，既狠狠夸了唐玄宗，说他一心为民，又解决了时辰的问题，可谓一举两得。

不经意的一句话就解决了问题，这更证明了贺知章深厚的积累，当然也证明贺知章在唐玄宗心中的地位——要是别人绝对不敢这么说，就算说了，唐玄宗也不会当一回事。

对了，我们说李白是诗仙，这个"诗仙"的名号是谁给的？贺知章给的！

贺知章

公元742年,贺知章到终南山找人谈道。老贺对道教很感兴趣,闲来无事经常爬上终南山逛逛。

这个83岁的老人,走走停停就上了半山腰。这时,一个矫健的身影从山上下来,擦肩而过的时候,两个人对看了一眼。贺知章看到的是一个中年男子,只见他腰佩宝剑,目如寒星,气度不凡。老贺看人自有一套,一瞥之间,让他觉得眼前的男人不是一般人;而中年人眼里的贺知章让他惊叹,都那么年老的人了,身体硬朗没得说,而且看起来仙风道骨。

这样,两个人就坐在石板路边,交谈了起来。

一开口,中年人才知道老者就是大名鼎鼎的贺知章大诗人。这可是明星啊,偶像啊。中年男人赶紧打开布囊,取出自己刚写不久的一首作品,递给贺知章:"贺老前辈,请指教。"

这首诗的开头一下子就吸引住了他:"噫吁嚱!危乎高哉!蜀道之难,难于上青天!"

这气势!这用语!一般人谁能写得出来!贺知章的心一下子被抓住了,没看几句就连拍了三下大腿。这首《蜀道难》,让贺知章惊讶不已,这个中年男子异于常人的表现力太出众了,一遍没有读完就已经浑身鸡皮疙瘩,这可是少有的。

他迫不及待地读完了整首诗,再看落款:李太白。

老贺头激动地拍着李白的肩膀,语无伦次:"你就是天上贬谪下来的仙人哪!牛!实在是牛!!"

得到夸奖,李白受宠若惊。还没等他反应过来,贺知章一把拉他起来:"走,下山去,我们痛喝几杯!"

"谪仙人",就是贺知章的一句话,李白"诗仙"的称号就此流传。夸一个人,一夸夸千年,谁能做到?

(三)

李泌是唐朝中期著名的政治家,是个神童。

在李泌还是个乳臭未干的小孩时,老贺头就断言:"这小儿目若秋水,智力过人,将来一定能做卿相!"

唐玄宗也听说李泌厉害,七岁就会写辞赋写诗,才思敏捷得很,非常感兴趣。有一天,唐玄宗特意将李泌召入宫内,试一试他究竟是不是真的神童。

李泌来的时候,唐玄宗和张说正在下棋呢。一代名相张说执掌文坛三十年,是开元前期一代文宗,与许国公苏颋齐名,号称"燕许大手笔",文学功底自然很高。唐玄宗当场让张说试一试他的才能。

张说看看前面的棋子,脱口而出:"方若棋局,圆若棋子,动若棋生,静若棋死。"

李泌听完,连想都没想就当即回应:"方若行义,圆若用智,动若聘才,静若得意。"

张说所做的赋,句句见棋字,将围棋的特征说出来了;而李泌所做的赋,没有写一个"棋"字,却句句离不开围棋,生动表现出了下棋者的种种活动和神态。

李泌的表现让唐玄宗大为赞赏,不久便让他进入太子府,专门给太子当伴读。贺知章正好是他们的老师,这为李泌的成长起到了很大的作用,为他最后成为中唐一代名相奠定了坚实的基础。

贺知章

在贺知章的为官生涯中有一件事特别让人觉得不可思议，这件事不是夸谁，而是一场前无古人的"高级黑"。

公元726年4月19日，唐玄宗李隆基的弟弟李范去世。

葬礼自然非常隆重，各种排场啊，只有帝王之家才能有的规格。

葬礼中有一个环节，出殡的时候要一批十四五岁的小鲜肉牵引灵柩、唱诵挽歌，做这项任务的少年被叫作"挽郎"。挽郎可不是随便报名的，必须是贵族子弟才有资格做。而且做挽郎可是个美差，丧礼完毕以后，挽郎的个人档案立刻被移交到吏部，给这些小鲜肉分配具体工作，提拔使用。

这肥差谁不看着流口水啊。可即使只限于贵族子弟，竞争也很大。这样一来，达官贵人们就施展各自能力，找负责选拔挽郎的负责人。这负责人是谁啊？贺知章呀。

贺知章特别为难，就算他彻夜不眠也想不出办法来，权衡每个人的利益关系还是难以照顾到每个人，那可是得罪人的活啊。

这一次，落选的一帮少年自然不服，大家都是贵族后代，凭什么别人能去我不能？大家一番愤愤不平的牢骚后，决定一起去找老贺头闹，让他给个说法。

于是，一伙年轻人连跑带走，吆喝着涌向贺知章的侍郎府。

贺知章知道了，说实话有点害怕，年轻人火气爆，一言不合说不定就大打出手，他这身老骨头可招架不住。

大门紧闭也不是办法啊，他们一直在门口闹影响不好，弄不好撞开门就更不得了。

贺知章让人往墙上架起梯子，他自己颤巍巍地爬上墙头，往下一

看，吵吵嚷嚷一片，闹事的年轻人群情激奋，大喊"贺大人出来，贺大人出来。"

"你们都别吵，都别吵。"贺知章摆手劝道，情急之下突然冒出一句，"听说宁王李宪也快不行了，你们快点过去！"

少年们先是一愣，而后立马兴奋起来，呼啦一声往宁王的居所跑去。

李宪是唐玄宗的老哥啊，他的葬礼和李范一样的规格，岂不是好机会？

"李宪将死"的传言风一样传开了——这还了得吗？拿唐玄宗最敬重的哥哥来开国际玩笑，不想要命了？

可是剧情并非如此，唐玄宗竟然没有错怪贺知章，反而体谅到了他的难处，最后给他换了一个工作，官位比原来的还要高。

这说明了什么？只能说明贺知章平时的为人太好，已经深入皇帝内心，他很清楚老贺大大咧咧的个性，所以他的"信口开河"并没有惹怒唐玄宗。如果是别的人，随便一个说出这样话，死一百次都有了。

看贺知章的"夸人"，你应该能明白他"命好"的缘故了吧。夸人很容易，"会夸人"却很难。贺知章的情商智商并存，夸人的艺术炉火纯青，难怪他能获得那么多人的好感。朝廷为官，人人自危，能一路顺畅的没几个，贺知章算是奇迹了。当然，单纯的"会夸人"也不行，必须要以好人品做基础。人品不好，"夸人"难免就会变得动机不纯，变得猥琐。

贺知章的智慧，值得我们学一辈子。

张九龄

正直的宰相,预言了安史之乱

在唐朝，张九龄是个特殊的存在。

他是广东韶关人，唐朝的第一个岭南宰相；他宦海沉浮，最后却让皇帝念念不忘，把他作为选拔人才的标杆；因为皇帝的刚愎自用，将张九龄的建议置之脑后，终于酿成了可怕的"安史之乱"，后悔不迭。

如果是一个纯粹的诗人，张九龄会不会走得更远一些，他创作的诗歌会不会更精彩？但他是个政客，尽管政事分散了他太多的精力，诗作无法跟"专业诗人"相比。但是敏锐的眼光，注定让他看人非常"准"。如今想想，要是唐玄宗多听一点他的意见，就很可能避开历史的悲剧。

可惜了，历史无法重来，九龄已经尽力，都是皇帝的错。

公元756年7月15日，距离长安50多公里的马嵬驿弥漫着死亡的气息。逃难的唐玄宗一行在这里发生变故，大将军陈玄礼指挥杀了宰相杨国忠，这还不算，紧接着随行的护卫又逼唐玄宗赐死杨贵妃。

一时间血雨腥风，一座普通的小山坡，一个寻常的驿站，从此成为唐朝历史忽略不掉的焦点。

可是再大的变故，逃难还要继续。

72岁的唐玄宗伫立在马车前，迟迟不肯上车。铃声细碎，如诉如泣；夏蝉噪鸣，声嘶力竭。老皇帝老泪纵横，此刻的他，除了对杨贵妃的愧疚和不舍，内心更是涌起无尽的悔恨。

悔不当初的，是没听张九龄的劝告。

当初第一次见到安禄山，这个肥头大耳、眼神犀利、满脸充满戾气的胖子，让阅人无数的张九龄如鲠在喉，他断言"乱幽州者，必此胡也。"

唐玄宗报以一个白眼，你是相术士呢？净胡说。

后来安禄山受命征讨契丹，兵败，张九龄又主张"禄山不宜免死"。他有种预感，这个安禄山必将给朝廷带来麻烦。唐玄宗自以为很了解安禄山，觉得张九龄小题大做，还责怪他是不是跟安禄山有仇？

当初要是杀了安禄山，大唐江山就不会发生"安史之乱"。可是有什么用呢？一切都太迟了。

这一幕，张九龄不幸言中，可是他却无法看到。

那时候，距离张九龄去世已经整整 15 年了。

公元 737 年，张九龄被同朝宰相李林甫排挤陷害。此前很信任他的唐玄宗御笔一挥，把他贬到荆州。

有的时候，能说会道的人总是比埋头干实事的人吃香。李林甫有一张能说会道的嘴巴，臭的能说成香的，死的能说成生的，哄得唐玄宗和杨贵妃团团转，最后还荒唐地成为杨的干儿子。而张九龄不会花言巧语，就这样让花言巧语给谗害了。

踏上漫漫贬谪之路的张九龄，人生跌入了最低谷。

风餐露宿，翻山越岭。目及之处，无不触景伤情。

又一个不眠月夜，一轮圆月勾出了张九龄的愁绪，诗情如月光般铺洒一地。著名的《望月怀远》泉涌一般，一个字一个字漫散开来。

> 海上生明月，天涯共此时。
> 情人怨遥夜，竟夕起相思。

灭烛怜光满，披衣觉露滋。

不堪盈手赠，还寝梦佳期。

——张九龄《望月怀远》

谁能想到呢，就是这一首诗，奠定了张九龄诗坛的地位。到今天，几乎每年央视的中秋晚会上，"海上生明月，天涯共此时"都毫无意外地成为主持台词。

也是在这次的贬谪途中，张九龄还写了著名的组诗《感遇十二首》，感慨自己潦草收场的朝官生涯。这是第一首：

兰叶春葳蕤，桂华秋皎洁。
欣欣此生意，自尔为佳节。
谁知林栖者，闻风坐相悦。
草木有本心，何求美人折！

——张九龄《感遇十二首·其一》

张九龄用诗歌告诉我们，他是高洁的，无须别人去认可、粉饰。当初面对李林甫的从中作梗，他一定也是毫不理会吧，清者自清，浊者自浊，"我是什么人，谁不知道呢？"可惜了，关键时候皇帝的糊涂，就决定了他的悲惨结局。

但即使被贬，他也没有丧失理想，也没有放弃自己的做人准则。

诗人在最低谷的时候，总能写出最震撼的诗词来。

不禁自私地想，要是——张九龄当初没有当官，或者当很小的官，比如孟浩然、杜甫、李白他们那样，会不会好作品如春雨般绵延，如夏雨般磅礴呢？

张九龄

身居高位，多少个诗人有精力写诗呢？如此一来，倒是真感到遗憾——张九龄，你是个让政治耽误了的诗人啊！

张九龄去世 7 年后，都城长安迎来了一场"制举考试"，唐玄宗意欲找出民间"遗漏"的人才，为朝廷效力。

35 岁的杜甫经历过一次科举考试的落榜，期待着下一次的机会，而这次可是大好机会。满腹才学的他胸有成竹，很有信心。

然而杜甫美好的愿望很快就破碎了。主考官李林甫导演了一出闹剧：一个都没上榜！嫉妒心极强的李林甫才不想那么多有才的人上来——改天把我饭碗抢了咋办？大笔一挥，全部叉叉叉，都不合格！对皇上，他解释说民间的人才早就被朝廷所用了！皇上英明！

不得不说，李林甫这个人实在是工于心计的厉害角色。这一出，既实现了阻止有才人入朝，对他自己造成威胁，又在皇帝面前成功给自己脸上贴金——看我以前招纳贤才的工作做得多好，一个人才都不漏。

唉，也就是这个李林甫过于奸猾，才把张九龄排挤掉。想想啊，如果张九龄没有被排挤，还在宰相位置的话，杜甫等一干贤才怎么会成漏网之鱼？张九龄爱才如命，很少有人才在自己的手下漏过。

可怜的杜子美，错过了张九龄，遇上了李林甫，无法实现服务朝廷的愿望。

而关于王维考上状元的梗，一直为各个朝代津津乐道。

说的是王维为了状元的理想，想办法结识了唐玄宗的几个弟弟，弟弟们觉得玉真公主话语权更大，于是想出一个办法——让王维扮演成伶人，在一场宴会上演奏自己的新作，结果真的让玉真公主注意到了。接着王维趁热打铁，向玉真公主展示自己的得意诗作。在玉真公主大为欣赏王维之时，几个弟弟趁机提出王维欲考状元的心愿。尽管

玉真公主说一个叫张九皋的考生已经预定为状元，但一点也不掩饰对王维的欣赏。第二年，王维果然中了状元。

张九皋，张九龄的弟弟。

这故事如果是真的，那只能说明一个问题：张九皋靠谁的关系让玉真公主预定状元位的？答案只有一个——哥哥张九龄！但，张九龄不是一代名相吗？不是说他风度难有人及吗？怎么对自己的老弟就立场不坚定了呢？

其实如果注意一点细节，我们就会发现，这故事仅仅是故事而已，是杜撰的。王维的状元跟张九皋没有任何关系，相反，张九龄还是王维的伯乐，是恩人。

首先，王维和张九皋参加考试的科目不一样。张考的是明经科，王考的是进士科。明经科侧重对儒家经典的理解；进士科侧重诗文，这是王的特长，他能考中状元一点也不意外。另外，张和王考上进士的时间不同。根据（唐）萧昕的《张九皋神道碑》——"张于弱冠，孝廉（明经）登科"。张生于公元690年，弱冠（即18岁）应为公元708年，历史上确实记载他公元708年考上进士。王维考上进士的时间没有争议，记载为开元九年（公元721年）。两人考试的时间相差了13年，怎么会有故事里的那种"状元之争"？所以呀，传言传多了就似乎成真，但传言终归是传言，经不住事实的考证。

可见，张九龄非但没有在老弟张九皋考试时插一脚，他在当宰相的时候，还特别重用王维。王维不仅未受排挤，还被提拔为右拾遗。

张九龄不管身在何处，不管什么时候，他的才学、风度都是无可挑剔的。

只是从诗人的角度来看，他的诗歌写得还是少了点——唉，谁让他从政呢，被政治耽误的诗人还少吗？比如宋之问，还比如上官婉儿。

李 白

我的悲喜，连长江都装不下

在水路交通最为便捷的唐代，长江是贯穿全国很多省份的"高速公路"。

24岁离开四川老家，李白开始了他一生亦快意亦辛酸的漂游。

不管是初出川蜀的豪情满怀，还是悲欢离合的惆怅，抑或是劫后余生的辛酸，都刻进了长江两岸的岩石中，融进了长江无穷无尽的浪花里——即使今天经过三峡，我们似乎还能听到熟悉的猿啼声，猿啼声中似乎还回响着李白兴奋的吟啸……不能不说，李白三过长江，他的人生际遇如同三峡险滩那样，也壮美，也惊险。

（一）

峨眉山月半轮秋，影入平羌江水流。

夜发清溪向三峡，思君不见下渝州。

——李白《峨眉山月歌》

公元725年秋，李白在畅游了峨眉之后，在清溪坐上船，启动出川之旅。

李 白

历代人津津乐道的，是李白在这首诗中用了五个地名。

对李白的诗，再怎样夸奖都不过分。而如果用今天的眼光来看，你会发现他的这首诗，"朋友圈"味道简直不要太浓。

——"三峡，我要来啦！"

——"峨眉山——平羌——清溪——三峡。"

应该说还会附加两三个咧着嘴笑的表情，再加一个坐标定位。

一个初出远门的年轻人，内心何等兴奋！挂在峨眉山头的这一轮弯月，它静静地注视着川蜀的游子，不知是微笑着，还是忧郁着。李白却按捺不住内心的喜悦，还没出发，就已经在想着下一步的出发点清溪——他将从那里开始，驶入长江，向梦寐以求的湖北出发。

在唐代，有抱负的男儿都是在二十多岁的时候开始出门游历。其中，游历的内容除了游山玩水，就是拜谒学术前辈，为下一步的科举考试做准备。而李白似乎并没有这样的计划——坊间有这样的说法，因为李白的父亲李客是商人，在当时，商贾之后不允许科考。另外，李白究竟祖籍哪里，历史上一直是个谜。在户籍很严格的唐代，没有户籍就没有户口，没有户口就不能考试——所以，他是没有参加科举考试资格的。

或许，这样的不公平待遇对李白来说无所谓。他知道自己才华横溢，只要找到合适的机遇，一定不会比科考的天之骄子们差。

可以想象得出，那个晚上的李白一夜未眠，整个人都沉浸在亢奋中。对湖北，对自己的前途，充满了憧憬。

三峡长、高、窄，两岸崇山峻岭，遮天蔽日，非常险峻，这样的景象和家乡的蜀道有点异曲同工。这对一颗心早就飞到了远方的李白来说，似乎有点心不在焉，所以也懒得去过多描绘。

吃了睡，睡了看风景，看了风景涂涂写写，或者发发呆。也不知过了多久，船终于出了荆门，群山消失在远方，眼前豁然开朗——广阔无垠的平原旷野出现在眼前！

我滴个天，也太震撼了吧！李白那一刻惊呆了。从小在四川江油长大，到处都是山，他何曾见过这么开阔的平原？

> 渡远荆门外，来从楚国游。
> 山随平野尽，江入大荒流。
> 月下飞天镜，云生结海楼。
> 仍怜故乡水，万里送行舟。
> ——李白《渡荆门送别》

"山随平野尽，江入大荒流。"如果不是发自内心的震撼，这样的名句恐怕也出不来。

也或许那一刻起，李白内心的抱负得以升华。一个人的理想层次，决定于他的眼光所及。如果不走出来，他能不能成为后来的诗仙呢？

而另一首著名的《望天门山》同样表现了李白当时的乐观、豪迈。

> 天门中断楚江开，碧水东流至此回。
> 两岸青山相对出，孤帆一片日边来。
> ——李白《望天门山》

东梁山西梁山江上对峙而成的"天门"，让李白叹为观止。

李 白

朋友圈上，李白这首诗获得点赞无数。当时他的朋友大多是四川老家的，杜甫高适还要19年以后才认识他呢。朋友们点赞，一是赞诗歌写得好，意境优美，二是羡慕他能走出去，不把自己局限在一方小天地，日后必成大器。

那时候的李白，如果我猜得不错的话，他一定紧握拳头，郑重地告诉自己一定要在广大天地有所作为。家乡虽好，但绝不是自己施展拳脚的地方。事实上，李白从此真的再也没有回过老家。

（二）

公元759年，李白58岁，已经走到了人生的尾声。

34年太长，长得李白都忘记了这些年他究竟走过哪些路，喝过多少酒，写过多少诗。但是他忘不了的，是岁月留给他的伤痕。

当初独自出川，多么意气风发！他渴望用一身才华，获得朝廷的重用。如果通过李白的诗作，来翻看他多年来的朋友圈足迹，就会发现他的情绪一会儿晴，一会儿雨——他不顺利，李邕对他的求职置之不理；他很快意，贺知章和他相见恨晚，天天带他去喝酒，就是把腰间的金龟子换了当酒钱也在所不惜，甚至把"谪仙人"的称号送给了他；他很得意，因为皇帝皇妃专门御用他写诗；他又很失意，皇帝最终抛弃了他，一脚踢出皇宫……

也许心中积怨太深的缘故吧。安史之乱爆发以后，皇帝的小儿子永王李璘要和已经夺得皇位的哥哥李亨对着干，也想当皇帝。李白就想了，我站队李璘，和你唐玄宗对战，以解我当年被炒鱿鱼之恨。所以，李璘找人跟李白一说，他立刻就同意了。也许，他还会因此洋洋自得，

觉得"俺老李又回来了"呢。

只要稍微分析一下就知道，李璘一点胜算都没有啊：李亨掌握了大唐绝大多数的军权，李璘就算有自己的人马，但要和李亨抗衡，纯粹是鸡蛋碰石头。但是李白根本没想那么多，李璘喊他一声"军师"，就飘飘然，以为自己真的是又一个诸葛亮了。结果，仗都没真的开打，李璘就被李亨一箭射死……

结局是，胡子花白的李白被揪出来。

流放夜郎！

从九江出发，走了将近一年的时间，终于走到了三峡。

熟悉的江水，熟悉的两岸，熟悉的猿啼阵阵。三十多年前，那个胸怀大志，舍我其谁的李白站在这里，三峡天险不过给日子增添了激昂的音符，再狰狞的山水也是诗。可是现在，他成了戴罪之身，披头散发之人，让兵卒押解着，一路跟跟跄跄。

眼前的怪石嶙峋，漩涡惊浪，好像是随时都可以埋葬自己的恶魔。人生如梦，壮美如诗的三峡转眼变成凄凉地。

巫山夹青天，巴水流若兹。

巴水忽可尽，青天无到时。

三朝上黄牛，三暮行太迟。

三朝又三暮，不觉鬓成丝。

——李白《上三峡》

"三朝上黄牛，三暮行太迟。"你能想象出三峡行船的艰难，也能想象出老态龙钟的诗人内心是如何酸苦。诗的最后，李白还是不离浪漫夸张本色，只不过"三朝又三暮"而已，就"不觉鬓成丝"，三天的时间鬓发都白了！愁啊，人一旦愁起来，一夜白头也是正常的。

写了《上三峡》，李白默默地收拾纷乱的心情，在兵卒的催促下继续赶路。

妻儿留在了九江。是啊，怎么可能让他们随自己受苦呢。此一去凶多吉少，说不定还没到夜郎就挂了呢。

唉，如果还能有回头路，我还会大口喝酒，大气写诗；我还会上庐山看瀑布，我还会去襄阳找孟夫子……老天啊，你可知道我老李还没活够？

回头路，下辈子吧！李白靠在一棵松树旁歇歇，叹了口气。年老体弱，一路跋涉实在吃不消。兵卒告诉他，这里是白帝城了，得抓紧赶路。

白帝城？李白抬头四顾，满眼都是森森的林木，人迹罕至。要是往常，他一定要去看个真切的。可是，一切都由不得自己啊。

又走了小半天，饥渴难当的李白正想找水呢，突然跟在后面的兵卒赶上来，大呼小叫，特别夸张。原来，唐肃宗大赦天下！李白无罪释放！

半分钟的脑袋空白后，李白才真的意识到，他是自由身了！

这是上辈子拯救了多少次银河系，才等来了这辈子如此福分。

还等什么？回家啊！

很快，李白在白帝城下边的码头买票，登船。隐在云端的白帝城，以后再来好好看你吧。

刚刚还是凄苦的伤心地，一下子水又活了，两岸的山绿了，凄厉的猿啼声秒变优美的天籁。

几乎是和呼吸同步，《早发白帝城》诞生了。

朝辞白帝彩云间，千里江陵一日还。
两岸猿声啼不住，轻舟已过万重山。

——李白《早发白帝城》

"轻舟已过万重山"，渡过所有的苦难，俺老李真的又回来了！

李白就是李白，给点阳光就灿烂。

（三）

说李白，怎能绕得过他的诗歌！

惊世骇俗的诗歌一首接一首，被老天宠坏的诗仙，自己都忘了有没有过"失败"的作品。

除了那一首……

那一年，有可能是孟浩然邀请他到襄阳一游吧，咱们的诗仙喝着唱着就到了武汉。当地文官们可就忙开了，诗仙驾到，怎么样也要留下墨宝呀。在哪里题诗合适呢？当然是骄傲的黄鹤楼啦。结果前呼后拥的，李白就这么来到了黄鹤楼下。

那么牛的楼阁，李白当然听说过，百闻不如一见，这老李也是看得一愣一愣的，实在是太雄伟了。随从们一看这模样，嘿，有九成希望了。诗仙呀，灵感一来，神态表情总是不一样。山雨欲来风满楼，诗情欲来，诗仙的面部表情想藏也藏不住。

于是，磨墨的磨墨，铺纸的铺纸，就等诗仙一挥而就了。

李白想必是早就进入状态，或者说已经诗情迸发了的。可是拿起笔，他却意外发现，一楼二楼能题诗的墙壁都已经写满，再没有足够的空白处。

上三楼呗，总算找到一块空白处。李白有点不悦，看来出门不顺，题一首诗都有点麻烦。

可是随从们还没来得及松一口气呢，诗仙手中的笔"噗"的一声落到了砚台上。

"……"

李白诺诺不语，大家面面相觑，到底发生了什么？

有随从把笔捡起来，又有别的随从给李白递上干净的笔。

然而李白并没有接笔，而是转身就噔噔噔下楼而去，留下一屋子瞬间石化的人们。

"写不了了，让崔颢写完喽！"下楼的脚步声中，传来李白拉长了尾音的话。

众人的目光赶紧在墙上搜寻，崔颢是什么神仙诗人，竟然让诗仙退步？

果然哦，就在空白处的旁边，赫然是一首《黄鹤楼》，落款正是"崔颢"。

昔人已乘黄鹤去，此地空余黄鹤楼。

黄鹤一去不复返，白云千载空悠悠。

晴川历历汉阳树，芳草萋萋鹦鹉洲。

日暮乡关何处是，烟波江上使人愁。

——崔颢《黄鹤楼》

现场一片安静。没有人想到，一个名不见经传的崔颢，竟然让李白大丢脸面。

要知道，能够和李白相提并论的诗圣杜甫，他的诗歌都从来没进入过李白的法眼呢，更不用说别的谁谁谁了。

李白离开武汉，对当地官员们来说当然是遗憾万分的，而他自己呢，想必更是一千个一万个不服气吧。我堂堂一个翰林待诏，万人景仰的"谪仙人"，竟然败在一个无名小卒手下，太丢脸了。

你说李白就此善罢甘休吗？绝不会！心高气傲的大唐第一等诗人，在黄鹤楼丢下毛笔的那一刻，心里就憋着一股劲：老子改天再来，不信报不了这一诗之仇。

大概十年之后，有说是"赐金放还"，离开长安南游金陵时，有说是流放夜郎遇赦返回途中，不管是哪个，反正他乘船到过金陵就对了。

顺着长江，李白乘坐的小船不缓不慢，两岸花红柳绿，别致的江心岛静谧怡人。诗人坐在船舱，几杯黄酒喝净，微醺中，他满足地微微闭上眼睛。

船老大微笑着。他有一种预感，酒后的李白，说不定很快就又开始写诗了。

"李大学士——"

李白

刚要进入浅睡眠状态，突然听到船老大唤了一声。李白欠起身，揉揉双眼。

"大学士你看，这是凤凰台，壮观吧？"船老大就是一个导游的角色，家乡这座地标性的建筑必须介绍一下。

李白一看，瞬间就清醒了。眼前的这座"凤凰台"矗立在江岸上，江水、晴空的映衬下，有一种说不出的震撼感。

可是，李白刹那间竟觉得有点似曾相识。这凤凰台，似乎在哪里见过？可是这个地方他第一次来……在梦里吗？还是哪里见过类似的楼阁？

"停！"就在小船驶过凤凰台的时候，李白吃惊地在脑海里搜寻到十年前游过的"黄鹤楼"。对，太像黄鹤楼了！都是临着长江，江中都是有类似的江心岛！再者，这"凤凰"之名，不就是和武汉的"黄鹤"有点类似吗？

李白瞬间高潮——好吧，崔颢那小子早了一步，让他饮誉黄鹤楼。这凤凰台，就由我来代言吧。

靠岸泊船，李白大步上楼，来到楼上，一首诗已经打好了腹稿。

墙体干净，没有崔颢的诗（严重怀疑李白有"一朝被蛇咬，十年怕井绳"的心态）。

饱蘸墨汁，李白皱眉展眉间，挥毫，一气呵成，一挥而就：

凤凰台上凤凰游，凤去台空江自流。
吴宫花草埋幽径，晋代衣冠成古丘。

三山半落青天外，二水中分白鹭洲。

总为浮云能蔽日，长安不见使人愁。

——李白《登金陵凤凰台》

大师出手从来就没有让人失望过，更何况是李白心心念念要跟崔颢一决高低的，怎么都是心血之作。果然，李大师又一首流芳千古的大作诞生了。

好评如潮。

这样的反应，李白早就习惯了。出手皆是精品，要不如何是"诗仙"呢？

只是时间一长，慢慢地，不同的声音陆续出现，李白的麻烦来了。

多事的人，质疑李白有抄袭崔颢《黄鹤楼》的嫌疑。

果真如此吗？

说实话，一开始我是不信的。凭李白的诗坛地位，谁敢说他抄袭别人的？又不是写论文评职称，有抄袭的必要吗？

可是网上随便一搜，嘿，关于《黄鹤楼》和《登金陵凤凰台》的话题还真是多啊。

对一般百姓来说，诗歌的美在于文字的技巧，意境的营造上，更深层次的剖析是留给专家的。不过，从字面来看，我们不难看出两首诗之间的有趣关联。

《黄鹤楼》第一联的第二句"此地空余黄鹤楼"，和《登金陵凤凰台》的"凤去台空江自流"像不像？不过崔颢只写了空荡荡的黄鹤楼，而李白除了空荡荡的凤凰台之外，还写了"空自流"的长江水，画面

感更强。

最有趣的是第三联，《黄鹤楼》是"晴川历历汉阳树，芳草萋萋鹦鹉洲"，《登金陵凤凰台》是"三山半落青天外，二水中分白鹭洲"，都是写江心岛，一个鹦鹉洲，一个白鹭洲。哈哈，要不要别这么神同步啊。

点题的最后一句，《黄鹤楼》是这样写的——"日暮乡关何处是，烟波江上使人愁。"《登金陵凤凰台》是这样写的——"总为浮云能蔽日，长安不见使人愁。"崔颢表达的是一种乡愁，而李白表达的则是"国愁"，为不能为国尽力而伤感。一个想家，一个想国家，李白的主题升华做得更聪明更到位。

这么一对比，不知道你是否看到了两首诗不管是形还是神，都有相似之处？

《黄鹤楼》千古传颂，在写黄鹤楼的题材诗上独树一帜，至今无人超越。李白的《登金陵凤凰台》气势浩大，荡气回肠，历来为名家称颂。

不过不管怎样，李白的"凤凰"写得再好，主题升华再漂亮，似乎还是比不过"黄鹤"，起码在名气上，"黄鹤"领先"凤凰"一个身位。

这说明先入为主真的很重要。当一眼看到崔颢的《黄鹤楼》时，李白已经被折服了，满脑都是崔颢诗歌的意境，挥之不去。就算十年后，一写到类似的景，他就是绕不过崔颢的诗。

看来，诗仙毕竟也是人啊，还是无法摆脱凡俗的正常思维。

我猜想，李白对《登金陵凤凰台》一定也是不够满意的。至死走不出《黄鹤楼》的结构，他想必也是很挣扎的吧。

这就是范文的影响力。我们在写作文的时候，是不是经常被范文牵着鼻子走？即使不想，但是感觉由不了自己，多多少少还是受到影响的。

感谢崔颢，是他激发出了李白的又一首佳作，不管是超越了《黄鹤楼》，还是稍逊风骚，起码唐诗这座宝库又因此丰富了不少。

憋着一股劲要超越《黄鹤楼》的李白，"憋"出来的巨作引来一千年争议，真正有才又可爱的李大诗仙啊。

不得不说的是，除了《登金陵凤凰台》外，李白其实还有一首"更过分"的作品——《鹦鹉洲》。如果说《登金陵凤凰台》一不小心就跟《黄鹤楼》扯不清"范文"嫌疑的话，那么这首《鹦鹉洲》，实实的就跟《黄鹤楼》重影了。来看看——

鹦鹉来过吴江水，江上洲传鹦鹉名。
鹦鹉西飞陇山去，芳洲之树何青青。
烟开兰叶香风暖，岸夹桃花锦浪生。
迁客此时徒极目，长洲孤月向谁明。

——李白《鹦鹉洲》

哈哈，是不是模仿得很过分？和《登金陵凤凰台》对比，这首诗的知名度很低。看来，即使是李白的忠实粉丝都有点不忍看。

唉，贵为诗仙，拼了命写两首诗，只为争口气，不想崔颢先入为主——经典，永远只有一个啊！

王　维

世事太复杂，我努力活得简单

是的，王维就是一个与世无争的诗人，好像世事的纷纷扰扰都与他无关。

同时代的李白杜甫王昌龄们，有高歌理想的畅快，也有现实碰壁的苦闷，面对残酷社会的呐喊。可是我们的诗佛王维，给我们的不是"明月松间照，清泉石上流"，就是"行到水穷处，坐看云起时"。他的眼里，好像只有美好的花花草草。

这个佛系男子，神一般的存在。

然而，"佛"只不过是披在王维身上的一件外衣罢了。他的内心，同样盛满了酸甜苦辣。

《鸟鸣涧》很美？诗人写着写着就哭了

解读这首著名的《鸟鸣涧》，似乎绕不开王维恬淡的诗歌风格。大家都说他写的春夜实在太美了，是闭着眼睛也能看到的静谧画面。

——可是，也许不是你想象的那样呢？对这首唐诗，也许作者的意图并非我们所说的那样。

这首《鸟鸣涧》，我们不妨拿放大镜来细细品一下。

| 王 维 |

> 人闲桂花落，夜静春山空。
> 月出惊山鸟，时鸣春涧中。

——王维《鸟鸣涧》

古诗文网对这首诗的注解是这样的：春天的夜晚十分寂静，听得见桂花掉落的声音。月亮出来了，惊动了正在栖息的小鸟，时而在深山里鸣叫。

注解是权威的，字面意思没问题，突出"静"字估计也没人有异议。不过如果结合生活常识，对这首诗描写的景物一一理解的话，"美"字似乎出不来了。

诗人先写的是"桂花落"。"落红本是无情物"，落花美吗？也美，但那是"无可奈何花落去"的伤感之美，是林黛玉葬花的忧伤之美。那么，王维表现的是不是也一样，属于残缺的美，忧伤的美？

"月出惊山鸟，时鸣春涧中"这两句，我们习惯了"以动衬静"的说法。的确，用鸟声来衬托山涧的幽静，确实是诗人高超的写法。但是……但是……我想说的是这鸟叫声，是不是有点诡异呢？

有农村生活经验的人都会知道，入夜以后，小鸟一般都很少有鸣叫的现象，要是有，不是猫头鹰，就是其他有点恐怖的不知名的鸟声了。一旦有小鸟的声音，一般是被惊吓发出的。诗中的"月出惊山鸟"，写月光把小鸟惊吓发出鸣叫声。月光又不是那天才突然冒出来，小鸟怎么会不熟悉？怎么会为月光而受惊？再看"时鸣春涧中"，不时鸣叫的小鸟，一定是不安的，每鸣叫一次就揪一下心，有没有这样的感觉。

这样的小鸟，不是有伤病，就是骚扰它的对象太可恶了，不让人安生。

问题来了，被吓而发出的鸟叫声美吗？不仅不美，甚至是有点惊悚！

伤感的落花，被惊吓的鸟鸣，这些诗歌表现出来的元素，很难组合成一个"静谧的美"。静是真的，但却是一个让人忐忑的静。

我们都知道，王维被称为"诗佛"，其实是晚年半官半隐的那个阶段。这个时期，他写的诗歌作品超脱了生活现实，将生活和自然浑然一体，亦诗亦画。而《鸟鸣涧》是他青年时期的作品。那个时期的王维，应该还形不成"诗佛"的那种风格，将《鸟鸣涧》套上"诗佛"，是不是牵强附会？

很可能，我们犯了刻板主义的错，将王维任何一首诗都理所当然地作同样来理解了。

我们不妨来把王维的青年时期局部放大，或许能发现什么。

很多人都知道王维是个大才子，还是科考状元，一等一的高富帅。但事实上，他经历的酸甜苦辣，只有自己最清楚。

十五六岁，王维就已经肩负一家人未来的重任，来到长安打拼。父亲早逝，家道中落，下面还有四个弟弟，作为老大，他知道自己的责任。穷人的孩子早当家，更何况还是穷人家的长子。

16岁那年，小王维为了快速得到朝廷的召唤，和一些所谓的隐士一样，装模作样地到长安边上的终南山"隐居"过一段时间。正是那个时候，难以忍受思乡之苦的王维，在重阳节之日随着登高的人群上山，写出了他的第一首力作——《九月九日忆山东兄弟》。

那么稚嫩的肩膀就承担起一个家的希望，想想都心疼。

但是这样的办法，出仕的希望太渺茫了，没有什么知名度，没有社会资源，一两首诗远远不足以打动朝廷。深思熟虑之后，王维果断融进闯荡长安的人流中。

到底是才子，而且诗书琴画无一不通，尤其是音乐的才能甚至达到了天才的地步。凭借这一点，王维逐渐和王公贵族们熟悉起来，越来越频繁地出入各种府邸，最后还结交到了唐玄宗的兄弟——宁王、薛王、歧王，成为他们的座上客。不得不说，王维的人缘真是太好了，这些王公贵族们一个个的都愿意帮他。

在唐代，科举考试需要人脉资源作后盾，人脉越广，中举的机会越大。

在几个皇子的策划下，王维得到唐玄宗最宠爱的妹妹玉真公主的欣赏、帮助，在科举考试中成功夺取状元之位。

长安打拼多年的艰辛，得到了最丰厚的回报。

可是王维的仕途并没有因此扶摇直上，相反是很快跌进了深渊。

那时，王维做一个管音乐和舞蹈的官。一时疏忽，没心没肺的乐工擅自取出仓库里的黄狮子头来玩。这可不得了，乱动皇帝专用的黄狮子头，那是要治罪的。结果，乐工被处理，王维被贬官，到山东济州做个粮仓管理员。

等到王维重新被张九龄起用的时候，15年时间已经过去了。

这15年，有10年被耗费在济州。眼看时光飞逝，再这样下去王状元就要被废了。王维果断辞官，游走江南等地，最后回到长安等待机会。这期间，他的妻子去世，多重打击，让王维难以振作，很是落魄。

《鸟鸣涧》就是王维在江南的日子写的。

生活带给他的，是"一不小心"带来的苦痛。人生最低谷的时候，写出来的东西很大程度上都是自己的内心独白。回首，王维胆战心惊，王维"一朝被蛇咬，十年怕井绳"，他再也不敢轻举妄动，步步惊心，唯恐再步昨日后尘。

人在低潮的时候，看到的景物一定是和心境匹配的。

春桂在夜间静静开放，王维却写"桂花落"；"春山空"，怎么会不空呢？官职没了，仕途没了，妻子离开了；"月出惊山鸟"——最寻常的月光，都能让睡着的鸟儿受惊，不安地鸣叫。

这不正是王维的生活现状写照吗？一个小失误就把自己扔进深渊，生活是不是到处都充满了危机？下一次，下下一次，又怎么去做才能规避风险？

再次被起用以后，王维确实和以前大有不同。他变得谨慎起来，少了年轻时的锋芒，多了为人处世的圆滑。王维的情商太高了，他总是很快地学会一些东西，包括处世态度。看看他中晚年的诗，不是写山水就是写邻舍的老头、大娘。写官场吗？写愤怒吗？写不平吗？对不起，他极少涉及。

他甚至把郊区宋之问的老宅买下，重新装修，安逸住下。

步步惊心之后，王维活成了"诗佛"。

那么，王维写《鸟鸣涧》的时候究竟是怎么想的呢？千年过去，谁也不能百分百准确揣摩诗人的意图。究竟是优哉游哉地嗑着瓜子喝着小酒欣赏山涧的美景，还是隔着寒窗，冷月下的山景让他不寒而栗？

真的好想知道，在写《鸟鸣涧》的时候，王维哭了没？

| 王 维 |

"长河落日圆",一个悲伤的故事

"大漠孤烟直,长河落日圆",《使至塞上》的意境美得令人窒息。当王维在西北大漠的马车上写完最后一个字,潇洒收笔的时候,他一定没想到这首诗会流传到一千多年以后,而且还会更久。

写山水是王维的拿手好戏,很多作品信手拈来就是经典,但是不说你怎会想到,这首诗"信手拈来"的背后,隐藏着一个让人难过的悲伤故事。

公元731年,王维被贬山东济州,做粮仓的管理员。

公元735年,张九龄做了宰相。爱才的老张,后来把王维提携到朝廷,做了右拾遗。这个远近闻名的王大才子,终于又回到了政坛上。

然而好日子才开头呢。没多久,可恶的李林甫把张九龄逼退相位。

可怜的王维,一时间周围冒出很多不友好的人。

毫无疑问,他被无情排挤。

一天早朝之后,王维走回办公室的时候,没有人说话,气氛怪怪的。3个月来,他已经被调整了几次岗位,一次比一次无语。难道今天又要换?还有什么更差的岗位给我呢?王维暗笑。张九龄曾经提醒他,人在职场,听从安排是最基本的职业素质,也是风度。他都听进去了,几次调整岗位都没有表现出任何不悦。再不济,做个闲职也没啥,正好偷闲写诗作画呢。

他想到了很多种可能,却没想到这次被调到一个可有可无,但又不能让你闲着的岗位——到边塞慰问边防将士!

王维倒吸一口冷气。

也太欺负人了吧，那么遥远那么荒凉的地方，一个来回得几个月呢……不过，住惯了皇城，大漠景色想必与众不同吧，去便去吧。

王维坐上马车，除了车夫，再也没有其他人。

马车拉着诗人，吱吱呀呀的一路走着，过山过水，过黄土高原，进入西北大漠。

边关太远，太荒凉，常常走半天也见不到一个人。醒了睡，睡了再醒，一睁开眼，看到的景跟睡之前似乎就是复制粘贴，重重复复，视觉过于疲劳。

再次醒来的时候，已经是黄昏落日的时候了。

驿站还远，必须要就地埋锅做饭，搭帐露宿的。

王维跳下车，伸腰活动之间，眼前的一幕让他为之一振——一轮红日将落不落，一副醉醺醺的模样，地平线那端，一条弯曲的河流流光溢彩，镀了金似的，静静地，似乎在一心一意等待落日跌入它的怀抱。

没有风，一柱孤烟在右边的地平线上笔直升起，似乎一动不动。孤烟，意味着边境安然无事。

一切都那么安然平和。

灵感如泉涌一般，让王维一气呵成，挥笔写下了《使至塞上》。

> 单车欲问边，属国过居延。
>
> 征蓬出汉塞，归雁入胡天。
>
> 大漠孤烟直，长河落日圆。
>
> 萧关逢候骑，都护在燕然。
>
> ——王维《使至塞上》

| 王　维 |

可是，如果这是返程时见到的风景，王维一定不是这么写的。去时，他眼里只有风景，他惊叹的仅仅是风景罢了。可是他哪里想到，这次慰问的主要对象——河西节度使崔希逸，带给他的却是一个伤心的故事。

"大胜吐蕃""凯旋"，事实上并非如此。

崔希逸管辖的边境，是现在的甘肃武威一带。对面，是吐蕃。两边打打停停，都一百多年了。想想唐太宗那时松赞干布和文成公主的故事，唉，美好的往事早成了云烟。

崔希逸镇守边关，顶讨厌的就是双方打来打去。不过他任职的那些年，相对而言两边都比较克制，平安无事，难得的平静。原因，是吐蕃那边的负责人乞力徐跟崔希逸一样，喜欢和平，憎恨战争，都不愿意惹起事端。

某天，崔希逸突发奇想，觉得就这样和平相处不是挺好的吗？没有争端，边境的百姓安居乐业，当兵的也难得安逸，不用流血丧命。于是和乞力徐商量，看大家是不是和平撤掉防备，没必要搞得那么紧张。

对崔希逸的建议，乞力徐一开始是犹豫的，毕竟防人之心不可无。但是他对崔希逸很了解，是个一言九鼎的汉子。在三番考虑之后，双方签订和协，撤掉防备，让双方边民自由往来。

这样的决定揭开了一个欣欣向荣的局面。没有了剑拔弩张的对峙，边境一片和平景象，百姓生活安逸，牛羊满山坡，歌声响四方。崔希逸和乞力徐甚至还会偶尔一起喝酒撸串。

这一幕如此和谐，多么美好！

可是好景不长，有人不知怎么想的，竟然给唐玄宗提了个馊主意——趁吐蕃放松警惕，出其不意攻其不备，必定大获全胜。唐玄宗根本不了解边境的情况，他可是一直想着攻打吐蕃，以了结先帝的遗愿。如今给人这么一说，他也觉得时机正好，不打那才是傻呢。

于是，皇帝下令——攻打吐蕃！

崔希逸傻眼了。

这可怎么办？出兵吧，是自己再三跟乞力徐保证和平，绝不侵扰的，这可怎么下得了手？不出兵，皇命又如何能抗？

硬着头皮，只能打了！结果，不用想，这是一场想输都难的战争。

可以想象，乞力徐对背弃信用的崔希逸有多恨之入骨。反正从那时开始，边境又回到了从前，打打停停，纷扰不断。

这一场胜利，朝廷欢欣鼓舞。一朝完成先帝宏愿，唐玄宗百感交集，心潮澎湃，此处省去 N 个好词。

打了胜仗，总要有迎接英雄回朝的仪式。于是，朝廷派王维去慰问"凯旋"的崔希逸。

慰问的场景，王维没有记录——想必他也是五味杂陈，不忍下笔吧。

再后来，日益抑郁的崔希逸打报告调离边境，到河南任职去了。

又再后来，离开伤心地的他仍然无法让自己平静下来，天天做噩梦，梦里总是有一条白狗向自己扑来。当年和乞力徐签订和协的时候，大家一起杀了条白狗，以示诚意。

再后来的结果，是崔希逸郁郁难平，不久患病去世。

伤心的故事，王维一辈子挥之不去的心理阴影。

| 王 维 |

王维，你为什么不愤怒

翻开唐诗史册，星光璀璨，风格各异。

读唐诗，你会发现一个现象，"愤怒"竟然是很多诗人创作时夹带的情绪。不过也有例外，比如诗佛王维。

不管所处的世界如何鸡飞狗跳，一地鸡毛，他写的始终是"坐看云起时"的恬淡，"返影入深林"的安静，"谈笑无还期"的快乐。

大家都那么愤怒，王维为什么偏不呢？

"鹅鹅鹅"的神童骆宾王愤怒吗？太愤怒了！因为屡考不中，从充满理想到处处碰壁，老骆气不打一处来。徐敬业起兵要推翻武则天，找到不得意的骆宾王，他大笔一挥，一气呵成著名的《为徐敬业讨武曌檄》，将武则天骂得那是一个狗血淋头啊！

求职不得，李白对渝州刺史李邕破口大骂——"宣父犹能畏后生，丈夫未可轻年少。"入朝为官，心情美丽的李白将李隆基、杨贵妃夸到天上。被一脚踢出皇宫后，他愤慨难当："行路难！行路难！多歧路，今安在？"

杜甫的愤怒太多了。没有他的愤怒，安史之乱今天怎么可能留下那么多细节！天天被饥饿折磨的他，写出了"朱门酒肉臭，路有冻死骨"的愤怒；被唐肃宗一脚踢开，贬到华州的时候，路过华山，他无语问苍天："车箱入谷无归路，箭栝通天有一门。"他不知道未来的路在哪里。

刘禹锡的愤怒更是不逊色，因为写"桃花诗"讽刺朝廷，结果被贬。回来后一点也不悔改，继续写桃花诗，结果继续被贬。被贬得越惨，

这家伙的愤怒诗写得越起劲。被贬23年，刘禹锡为他的愤怒付出了将近半辈子光阴的代价。

白居易干脆就一门心思去写讽喻诗，而且一本一本地去写。《琵琶行》《长恨歌》，这些作品没有愤怒的情绪如何写出来？

其他诗人，随便拉几个出来，都有不少愤怒诗代表作。柳宗元、李商隐、杜牧、孟郊、韩愈……

文学作品就是情绪的产物。封建社会的统治，即使在号称很开明的唐代，也有很大的局限性。所以，人们自然就会有这有那的不满。把情绪融在作品中，很正常的事。

可是王维，我们看到的总是亦诗亦画的"山水田园"。不要说抨击时政，即使是点到即止的写事作品也很少。

王维的生活很如意吗？不见得！起码一开始不是，甚至很坎坷。

少年的王维并没有享受多久安逸的生活，父亲一死，长子的他必须一夜长大。十几岁的孩子，肩负着重振家业的重任，独闯长安。

可以想象得到，一个半大孩子在长安打拼的日子有多艰难。王维硬是靠自己出色的才华，不仅成功实现混迹王公贵族圈子的小目标，最后还实现了考上状元的大目标。

后来被贬在济州，王维天天做着相当于仓库保管员的工作。糊口应该不成问题，但是明天在哪里？

那六年的时间，一定是王维一生中最刻骨铭心的痛。

那六年的时间，也一定是王维思考得最多的时候。

灾难来了，挡不住。但是睿智的人，能够直面灾难，并且能将灾难化成属于自己的财富。王维就是属于这样睿智的人。

王 维

辞职之后，王维走进长安附近的某个寺庙，研究佛教。

这是王维一生中最为重要的决定。学佛，意味着他的心态是趋向于平静的。政治让他走进人生低谷，他意识到锋芒太露一定是危险的，要想让今后的人生稳定，心态一定要平静。

试想，当年让自己身陷囹圄的，不过是一点点失误，却导致自己前途暗淡。王维难道不愤怒吗？他一定也曾经愤愤不平，曾经想办法为自己争辩过，但是最终选择了沉淀自己，把愤怒过滤掉。

被贬济州，王维心里很郁闷。

离开长安的那天，天气不错。诗人将行李收拾好，众好友都过来了，帮他把行李绑在马背上。

长安城的繁华逐渐消失在视线中，朋友的叮咛犹响耳边。

王维一扫内心先前的郁闷，变得晴朗起来。也许是风和日丽的天气影响了心情；也许毕竟是年轻人，低落的情绪始终不占主流；也许王维本来就是个懂得放下，愿意舍得的人，一时的挫折不会影响前进的步伐。

朋友们，我很好，大家放心吧——

微官易得罪，谪去济川阴。
执政方持法，明君照此心。
闾阎河润上，井邑海云深。
纵有归来日，各愁年鬓侵。
——王维《初出济州别城中故人》

一开头，王维用调侃的口吻说："官职小，肯定就容易犯错，这不，我被贬去济州了。"

接下来，王维一句"执政方持法，明君照此心"让人大为意外。他不是向朋友们大吐苦水，倾吐内心的苦闷，而是说"朝廷秉公执政，皇上呢，其实并没有贬谪我的意思……"

被贬本是不幸，王维却在离开长安的时候，为惩办他的执政者唱赞歌，一副心服口服、无话可说的模样。换句话，说他其实是受到皇帝恩宠，去基层接受磨炼。

有人说王维写的是反话，是讽刺朝廷。这样的可能性不说没有，但如果联系到他日后向佛的转变，我觉得即使有讽刺的意味，那也不尽然，"认罪"的心态应该是占了很大的成分。

灾难面前，有没有必要一根筋走到头，非要对抗到底呢？王维显然心中有"留得青山在，不怕没柴烧"的想法。皇权面前，所有的对抗不仅没用，还会雪上加霜。

王维选择了夹起尾巴，避其锋芒。这样的做法，显示了他的睿智。超人的情商，注定了王维在之后的人生道路上，会减少很多坎坷。

只有这样，才有了几年后王维被张九龄重视，提拔到右拾遗的位置。

只是没多久，李林甫将张九龄搞掉，王维就又四面楚歌，到处是想搞他的人。好在他平时做事说话注意分寸，别人找不到什么把柄，达不到逐出朝廷的目的，就在岗位上做文章。岗位不断变化，职位越来越卑微。

这个时候的王维早已不是毛躁的小伙，经历了贬谪之难，经过佛教的洗涤熏陶，他内心极为淡定。所以，就算派他前往吐蕃边塞慰问将士，也二话不说，孤独上路。不怨天尤人的心态，注定他不错过眼里的美景，所以才写出了"大漠孤烟直，长河落日圆"的摄人魂魄之美。

安史之乱爆发，王维来不及躲避，和众多官员一起被安禄山叛贼俘虏。

叛贼自然希望这些大官为他们做事。王维表面应允，内心是抗拒的。已经五十多岁的他知道该怎么做。保全性命是关键，不背叛大唐是底线。

唐玄宗对音乐十分钟爱，所以宫里有很多才华横溢的乐师。安禄山将乐师们也一并掠到洛阳，供他们享乐。

有一天，安禄山在凝碧池大摆宴会，令乐师们来演奏乐曲。山河破碎，皇帝逃亡，乐师们触景伤情，非常难过。有一个乐师当场崩溃，让安禄山直接凌迟杀掉。

消息传来，大唐的旧臣们痛哭失声。王维悲愤难加，口占了一首《凝碧池》送给好友裴迪。

万户伤心生野烟，百僚何日更朝天。
秋槐叶落空宫里，凝碧池头奏管弦。

——王维《凝碧池》

国难当前，王维并没有像有的官员那样，为了保命而背叛祖国。在他的内心，国家利益大过一切。这首诗，写出了他对大唐光复的迫切愿望，爱国情绪贯穿其中。

好戏来了，安禄山的皇帝梦才做了没多久，大唐就回来了！

唐肃宗肯定要秋后算账——看看给安禄山卖命的都有谁，结局当然只能是死。

王维也在审查的名单中。这时候，《凝碧池》救了他的命。王维弟弟王缙将诗歌呈送给皇帝，说哥哥从来就没有背叛过大唐。

结果是，王维大难不死，还官升几级！

一首诗救了一个人，这是偶然吗？不是！没有大是大非的觉悟，王维怎么会写了这首诗呢？只怕真成了安禄山的走狗呢。

真正的情商，是一种发自内心的本能，更体现出一个人的格局。否则，只能是狭隘的举动，是龌龊的自私。

中年之后，王维开始了他半官半隐的闲适生活。不对别人指手画脚，不对各种事端发表意见。他的作品素材，就在他身边的河水、树下、石头，在他串门神聊的老农……

有人将唐代不少诗人的人生经历做了个线路图，结果发现，线路最简单的人就是王维！于是有人说，王维是唐代最闲适的诗人。

不管世界多么复杂，努力活得简单一些，这恐怕正是老天对一个情商超高之人的回报吧。

杜 甫

最牛的纪录片导演,却一生不如意

如果没有杜甫，对唐朝，尤其是盛唐的历史，我们恐怕没有办法了解太多。

就是这个似乎永远一脸悲苦表情的"木讷"诗人，成了一个伟大的纪录片导演，真实地将盛唐的社会现状，尽他所见，尽他所闻，忠实地点滴记录。而他自己，在社会动乱中不能自已，流离失所，连回家的愿望，毕其半生都不能实现。

杜甫之所以伟大，不尽然于作品的伟大，而是遭遇再多的痛苦，他仍然深深爱着脚下的土地。

艰难的回家路

他是饱受战争伤害的盛唐诗人，在战火中一边苟且偷生，一边想念亲人，想念家乡。

回家，对他来说太难了！难到花了他大半辈子的时间也不够，死后还要再花半个世纪的时间才算落叶归根！

公元755年，安史之乱爆发。

第二年6月，叛军攻破都城长安。唐玄宗仓皇逃往成都，叛军对长安进行了血腥的洗劫。手无寸铁的百姓四散逃离,来不及跑的不是被杀就是被抓去充军。

世界最繁华的都城一夜之间成为人间地狱。

杜甫带着家人,也被卷进了惊惶的逃难队伍中。逃去哪里?到处都有叛军,逢人就杀,何处才是栖息地?人们就像到处乱窜的无头苍蝇,每有一点风吹草动就四散呼号。

越偏僻荒凉,就越是逃难的方向。可怜杜甫一介书生,带着瘦弱的女人,幼小的儿女,在荒野间摸爬滚打,饥饿折磨,疲累折磨。他可能并没有想到,他后半生的奔波劳顿就这样拉开了序幕。而这一次逃难,仅仅是悲惨生活的开始而已。

一个月后,历尽艰辛的杜甫一家来到鄜州(今陕西富县)的羌村,投奔远亲。

总算安顿下来,暂时不用风餐露宿了。可是,一家老小总要吃饭活命,一家之主的杜甫于是想尽办法找点事做,但是战火连天,能活着就是万幸,哪来的工作?赶巧的是,太子李亨(唐肃宗)在灵武即位的消息传来,杜甫大喜过望,决定冒险去投奔肃宗。杜甫和李亨的关系不错,他一定会给自己做事的机会的。有时候,灾难到来的时候也是机遇降临的时候。

路上到处是叛军,他只能白天走偏僻的小路,半夜才敢走一段官道。如此躲躲藏藏,状如惊弓之鸟。

又是一个傍晚,眼看天就黑了。杜甫不敢走大路,小心地在枯干的灌木丛之间穿行。刚下过雪,天气真是冷啊,赶着路倒还是不怎么觉得寒意,但是几天下来可是撑不住啊。本来体格就不咋样,他感冒了,

咳嗽不断。

要命的是，就是咳嗽也不敢放肆，让叛贼听到可不得了。

耳边听到杂杂沓沓的声音，是叛军！正在旁边的大路上经过呢。杜甫吓得赶紧蜷缩在沟里，一动也不敢动。

可恨的是他那要命的咳嗽，刚舒坦了一刻钟的喉咙又痒了起来。压！拼命压！这个时候咳嗽出声，那可真是要命的啊。杜甫拼命压着喉咙，双手紧紧捂住嘴巴……

可是意外还是出现了。可怜的杜甫到底没能"咽下"咳嗽，两声垂死挣扎一般的声音从喉咙滚出来，闷雷一般，石破天惊……

就是这样，杜甫被叛军抓获。从长安逃出来，又让叛军押解前往长安去，杜甫太难了。

相隔仅仅一个月的时间，歌舞升平的长安已经四处残垣断壁，到处弥漫着死亡的气息。昔日经常和文人雅客赏景作诗的曲江，水面依旧，却散发着淡淡的血腥味，不知多少无辜百姓在此丧命。

此情此景，杜甫悲愤难过，却又无可奈何。一个手无寸铁的文弱诗人，他能做的只能是把惊愕、悲愤、同情留在心中。

离家，就意味着和家里断绝了联系。家里怎么样了？妻子有没有办法挖到野菜给孩子充饥？牙牙学语的小儿子面黄肌瘦，天天饿得哇哇哭。大儿子倒是懂事，懂得给母亲分忧了，但是半大的孩子啊，一脸菜色，看着就心如刀绞。

又是一个不眠之夜，月光无情，依旧温柔地撒了一地清辉。

杜甫倚栏而坐，泪花闪烁。他想起了可怜的妻子，那个跟自己受苦受难的女人，你还好吗？

万幸的是，也许是官卑职微，也许是木讷少言，杜甫没有受到"特别照顾"，没有被囚禁。

机会来了。一天夜里，行进的队伍懒懒散散地走着，没人专门看管。杜甫故意拖拉着走在队伍的后面，然后趁着前方人员的不留意，一个哧溜就滑下了路基，路下是交错的沟壑。

终于，我们的杜子美大叔连滚带爬逃脱了叛军队伍。简单休整之后，他踏上了投奔唐肃宗之路。

唐肃宗迁都凤翔，杜甫也追随到凤翔。

在那里，如愿当上左拾遗。杜甫总算松了一口气，不枉此行。

安定下来后，杜甫把之前的经历一一诉诸笔端，第二年3月，哀伤至极的《春望》面世，一时间引发无数人的共鸣。这时候，他才有空闲想起他的河南老家。少年时期就跟随姑母一起生活——姑母的家人，还好吗？他的几个兄弟，也平安无恙吧？可是，没办法获得亲人的只言片语，于是便"家书抵万金"了。

在凤翔当官的日子，杜甫是暂时安定了，但是对兄弟们的担忧无时不在。在他的作品中，并不像王维以及后来宋代的苏轼常常涉及兄弟之情，但不代表他们没有手足情深。

"有弟皆分散，无家问死生。"杜甫一定是在无数的夜里无语呼喊的。有国才有家，国家破碎，家自然就风雨飘摇，一切听天由命了。

看啊，杜甫笑了

公元759年，迫于无奈的杜甫辞掉官职，带着一家人赶往甘肃天水。

很幸运，他的一个弟弟辗转联系上了他，从天水来信，说要是混

不下去了，就去那里投靠，好歹有个照应。杜甫欣然向往，在关键时刻，兄弟往往是最可靠的。

可是，当杜甫一家赶到天水的时候，才发现现实太残酷——无法找到弟弟！在当时，天水到凤翔的信件，恐怕需要两三个月的时间吧，收到信的时候，弟弟那边说不定已经发生了什么变化了，毕竟边塞之地啊。通讯的极度滞后，让本来很期待的团聚变得空欢喜一场。而人生地不熟，这里的环境跟他想象中的"采菊东篱下，悠然见南山"相差太远，物资贫乏，很穷，更何况这里是边塞之地，没多远的地方就是虎视眈眈的匈奴。战乱的危险，一触即发。

几乎濒临饿死的境地，杜甫只能继续迁移，前往200里外的同谷（今甘肃成县），据说那里好营生。谁曾想那里更穷，环境更险恶。一家人挤在别人家的屋檐下取暖，阵阵风沙卷地而起，老老少少惊惶不已。

好在好消息传来，好友严武邀请杜甫前往成都。走投无路的时候，任何一点光都是救命通道。

杜甫把最后的赌注押在成都——走吧，一家老小穿越蜀道，奔赴成都而去。

结果证明，这是足以让杜甫"吹"一辈子的英明决定。成都这个远离战火的城市张开怀抱接纳了他，赋予他四年左右安稳的生活。

从同谷前往成都的路上，杜甫写了著名的《成都府》：

翳翳桑榆日，照我征衣裳。
我行山川异，忽在天一方。
但逢新人民，未卜见故乡。

杜 甫

大江东流去,游子日月长。

曾城填华屋,季冬树木苍。

喧然名都会,吹箫间笙簧。

信美无与适,侧身望川梁。

鸟雀夜各归,中原杳茫茫。

初月出不高,众星尚争光。

自古有羁旅,我何苦哀伤。

——杜甫《成都府》

黄昏时暮色苍茫,夕阳的光辉笼罩在我身上。一路行程山河变换,一瞬间就在天的另一方。只是不断地遇到陌生人,不知何时会再见到故乡。大江浩荡东流去,客居异乡的岁月会更长。城市中华屋高楼林立,寒冬腊月里树木苍苍。人声鼎沸的大都市啊,歌舞升平吹拉弹唱。无法适应这华美的都市生活,只好侧身把远山遥望。夜幕四合鸟雀归巢,战火纷飞的中原音讯渺茫。初升的月儿斜挂天边,天空繁星闪烁与月争光。客居他乡自古有之,我又何苦独自哀愁悲伤?

诗歌写的是诗人对成都的憧憬,憧憬中有兴奋,又有忐忑。一个有太多生死经历的人,突然要到一个据说很安全很富庶的地方,他在向往的同时,还是有各种顾虑的,缺乏安全感的人,都这样。

多年躲避战乱的奔波生活对杜甫来说早就厌烦了,他多么希望早日摆脱饥饿和危险并存的生活啊。所以一踏上"天府之国",诗圣一下子觉得天蓝了,鸟语花香了,空气也是香甜的了。没有经历过战争的人,不会深刻理解和平的可贵。

初来乍到，尽管身无分文，杜甫并不慌张。他的一些朋友，包括一些仰慕他的粉丝们，都向他伸出了援助之手。帮他在浣花溪畔搭建起一座茅草房，种上花草树木，甚至连碗筷都有人送来。

突然拥有一个崭新的"家"，一切像梦一样，让杜甫有点不知所措。

没有了战争的纷扰，没有了难熬的饥饿，杜甫长长舒了一口气。等到完全安顿下来，他开始对周围的环境留意起来。

空闲的时候，杜甫会踱步出门，四处走走。

真不愧是"天府之国"啊，不仅物产丰富，百姓的生活也安逸许多，每家每户都喜欢在门前屋后种花种树。江水潋滟，江畔各种花草经冬不绝。这样的美景，岂是杜甫多年来所能见到？狼狈不堪的逃难生活，在他眼里都是死灰色的，哪里有什么生机可言？

沿着浣花溪边走边看，"黄四娘"家的花最多了，"黄师塔"前的桃花开得那么任性……到处都是看不完的花，到处都是怡人的风景。

就这样，天天走不同的路，每次都能看到不一样的风景。生活一下子变得活色生香起来，苦难似乎消失殆尽。恍如隔世，杜甫一定不止一次感叹吧。

美景，美心情，诗情自然源源不断。

我相信杜甫是在写日记的，用写诗的方式。看看他的《江畔独步寻花七绝句》，不知道你是不是跟我一样，以嘴角上扬的姿态读这些诗的。

其一

江上被花恼不彻，无处告诉只颠狂。

走觅南邻爱酒伴，经旬出饮独空床。

杜 甫

其二

稠花乱蕊畏江滨,行步欹危实怕春。

诗酒尚堪驱使在,未须料理白头人。

其三

江深竹静两三家,多事红花映白花。

报答春光知有处,应须美酒送生涯。

其四

东望少城花满烟,百花高楼更可怜。

谁能载酒开金盏,唤取佳人舞绣筵。

其五

黄师塔前江水东,春光懒困倚微风。

桃花一簇开无主,可爱深红爱浅红?

其六

黄四娘家花满蹊,千朵万朵压枝低。

留连戏蝶时时舞,自在娇莺恰恰啼。

其七

不是爱花即肯死,只恐花尽老相催。

繁枝容易纷纷落,嫩蕊商量细细开。

——杜甫《江畔独步寻花七绝句》

第一首写独步寻花的原因;第二首写行至江滨看到惊人的繁花;第三首写某些人家的花,红白耀眼,应接不暇;第四首写遥望少城之花,想象其花之盛与人之乐;第五首写黄师塔前之桃花;第六首写黄四娘

家尽是花；第七首总结赏花、爱花、惜花。大师就是大师，组诗也不是乱写的，有头有尾，有描绘有抒情，非常完整。

我相信，那几年的时间一定是杜甫看花看得最多，也看得最惬意的时候。

人逢喜事精神爽，杜甫写出"江畔独步寻花七绝句"组诗一点也不意外。他就是一个最接地气的诗人，生活的艰难困苦让他叹息，生活的安逸惬意让他舒展笑容。

那个让人以为不会笑的杜甫，不仅他笔下的"黄四娘"，七娘八娘们都一定看到了诗圣灿烂的笑容吧。

来到成都的第二年，在朋友、粉丝、邻居的帮助下，杜甫赖以安身的茅屋盖起来了。

老杜绝对没有想到，他只占浣花溪边一隅的茅草屋，一千年后竟然成了无数中国人向往的"杜甫草堂"，成为占地300亩的景区。

尽管只是草房，尽管一到雨天的时候，四处漏水，一家人常常大呼小叫到处接水、补漏，可这要比在陕西羌村避难的日子好太多了。草堂建成的第二年秋天，也许盖房子的人们手艺不精，也或者茅草不够多，反正某一天北风凛冽的时候，哗啦啦就把屋顶的茅草给刮飞了，茅草像长了翅膀一样到处乱飞，有的飞到江中，有的远远地飞过江边。打开天窗的屋子让杜家老小心里急啊，慌忙跑出来追赶茅草，可气的是，调皮的村童趁机搞恶作剧，把四处散飞的茅草抓起就跑……

《茅屋为秋风所破歌》就这么出来了。

八月秋高风怒号，卷我屋上三重茅。茅飞渡江洒江郊，高者挂罥长林梢，下者飘转沉塘坳。

| 杜 甫 |

南村群童欺我老无力，忍能对面为盗贼。公然抱茅入竹去，唇焦口燥呼不得，归来倚杖自叹息。

俄顷风定云墨色，秋天漠漠向昏黑。布衾多年冷似铁，娇儿恶卧踏里裂。床头屋漏无干处，雨脚如麻未断绝。自经丧乱少睡眠，长夜沾湿何由彻！

安得广厦千万间，大庇天下寒士俱欢颜！风雨不动安如山。呜呼！何时眼前突兀见此屋，吾庐独破受冻死亦足！

尽管老杜对"床头屋漏无干处，雨脚如麻未断绝"的现状很无奈，发出"安得广厦千万间，大庇天下寒士俱欢颜"的呐喊，但是对生活现状的满足还是显而易见的。相比之下，在西北逃难过程中，连饱餐一次都是奢望的生活才是可怕的。

不信，你来看看他的另一首《村居》，如果说那是一幅画，那他那来之不易的草堂便是骄傲的背景。那简直就是一幅安居乐业的美图啊。

清江一曲抱村流，长夏江村事事幽。
自去自来堂上燕，相亲相近水中鸥。
老妻画纸为棋局，稚子敲针作钓钩。
但有故人供禄米，微躯此外更何求？

——杜甫《村居》

浣花溪清澈平缓，燕子低飞，鸥鸟嬉戏。凉风习习的夏日早晨，老杜夫妻俩闲来没事，竟然找来一张纸，毛笔一挥画上棋盘——下棋

吧！小儿子自有寻趣的法子，找来缝衣针，拿石头敲一下，弄弯了拿来钓鱼。这一幕美好的画面，哪里是羌村所能有呢？

能在成都"安居"，杜甫靠的是朋友，当时的成都府尹兼剑南节度使严武是他的超级粉丝，非常崇拜他，成了忘年交。严武还帮他找到了一份工作，做检校工部员外郎，"杜工部"之名便是由此而来。另外，高适也给了杜甫非常大的经济资助。

走进成都，杜甫笑了。

长江上，我是一只疲惫的沙鸥

公元765年4月的一天，春寒料峭的成都，总让人有点隐忧。兵乱带来的无着生活，似乎时刻都有可能出现什么坏消息。

坏消息真的来了——严武病故！

无异于晴天霹雳。能在成都生活四年，没有严武的照顾是不可想象的。而今严武没了，杜甫失去了依附，日子还怎么过？

在一番杂乱地收拾之后，杜家带着简单的行李离开成都。既然成都待不下去，那就回家吧。

踏上长江这条"高速公路"，杜甫内心反倒一片平静。经历过最危险最艰难的流亡，往后余生还怕什么呢？甚至，杜甫还对下一步的旅程充满了期待——忠州有亲戚，可以依靠依靠；夔州有朋友，说不定也能像严武那样，给他提供帮助。再说，三峡天下闻名，总也看不够。多看一回，也不枉来世一遭吧。

坐的是并不大的木船。船夫告诉他，从嘉州（今四川乐山）出发，到达榆州（今重庆市），再到达忠州（今四川忠县）。需要多少时间

| 杜 甫 |

无法得知，一切要看天气。长江这线路虽然便捷，但是险滩也多，遇上水涨或者水退都得靠岸暂停，有太多的不可预知。

船开了。江风带来的冷意，让人们不禁打了个寒战。两岸的山在移动，两岸的屋舍在变幻，凭窗而望的诗人眼眶湿热。啊，美丽的成都，温暖的成都，再见了。

> 五载客蜀郡，一年居梓州。
> 如何关塞阻，转作潇湘游。
> 世事已黄发，残生随白鸥。
> 安危大臣在，不必泪长流。
>
> ——杜甫《去蜀》

两个月的艰难船行，忠州到了。

一家人都很高兴，搬着行李下船。码头上，侄儿已等候多时。

这个远房族侄在忠州当官。杜甫打算在这里滞留两个月，一是和亲人聚聚，二是养养病体，好为下一站行程养精蓄锐。

为杜甫这个伯伯洗尘的宴席设在忠州的高档酒楼上。

应该说，这一餐饭让杜甫感受到了亲情的温暖。异土他乡，乡音乡情总是最亲切的抚慰。

可是让杜甫万万想不到的是，接下来却是不一样的境遇。

一家人的住所，让侄儿安置到一座叫龙兴寺的庙宇。把行李放在庙宇一间偏僻的小房子里，杜甫有点不敢相信自己的眼睛——墙垣破败，杂草丛生。侄儿告诉伯伯，这寺庙有700多年了，汉代兴建的。

"这里清净,适合写诗、养身体。"

很多时候,人情冷暖和亲疏远近并没有太大的关系。侄儿骑马离去的身影,让杜甫刚刚暖和过来的内心又开始凉透——从侄儿的一举一动,一言一行的细节中,他感觉到了"嫌弃"的气息。

果然,从那以后,侄儿再也没有出现过。

两个月后,杜甫在龙兴寺的墙上留下一句"空看过客泪,莫觅主人恩",带着家人登船离去。这一句是凉透内心的怨言,不知道他那个侄儿看到了没有,要是看到了,他会怎么想呢?

其实,杜甫内心抑郁的,绝不仅仅是侄儿的不待见那么简单。

那年正月,曾经对他倾囊相助的好友高适去世。

紧接着,杜甫在码头含泪送别严武的灵柩。严家通过长江,将严武的灵柩运送回老家。两个好友,竟然用这样的方式擦肩而过。

那是一个怎样悲伤的相遇啊?一年前,两个好友还在一起,而今竟已阴阳两隔。

而在此之前,王维、李白、储光羲陆续离世。友人一个个地走了,杜甫自己又疾病缠身,天地茫茫,他怎么不忧郁感伤?怎么不心力交瘁?

飘飘摇摇,颠颠簸簸,睡睡醒醒,昏昏沉沉,也不知走了多久,杜甫都觉得已经走得太久。

再一次醒来的时候,船停了。原来是船夫靠岸,暂时歇息。风平浪静的江段,是该休整休整。

除了船夫此起彼伏的鼾声,船外万籁俱寂。杜甫掀开苇席,佝偻着身子走出船舱。

杜 甫

眼前的一幕让杜甫看呆了：满天星斗，深蓝的天空就像点缀着数不清的宝石，笼罩着大地。江段一片开阔，已经没有了峡谷的逼仄，船下的江水无声地流着。

天地如此广阔，人如此渺小——渺小得如同一只鸥鸟。啊，人生苦短，我一直在风雨飘摇中护着这个小小的家。离开冷冷的忠州，等着我的下一站又会是怎样的境况呢？

唉，身不由己的前路，又岂能任我去想！

退回船舱，躺下，合眼。一夜无梦，可醒来才发现，枕边竟是湿的。

细草微风岸，危樯独夜舟。
星垂平野阔，月涌大江流。
名岂文章著，官应老病休。
飘飘何所似，天地一沙鸥。

——杜甫《旅夜书怀》

《旅夜书怀》就这么诞生了。"飘飘何所似，天地一沙鸥。"多么悲凉的杜甫！谁不想安逸地生活呢？可是步入老年的他，不仅依然一无所有，就连一个赖以安身的蜗居也没有。他不就是天地间无可栖息的沙鸥吗？

船顺江而下，到达小城夔州。

一路上，雨水密集，时停时下，江水越来越浑浊，水流越来越湍急。

到达夔州的时候，雨更大了。盘缠所剩不多，前方又传来动乱的消息，杜甫索性先住下来，过一些时日再决定行程。

找了地方安顿好,雨却丝毫没有停下的意思。

愁人啊,这样的天气!影响了行程,也影响了心情,每天独对雨窗,无不触景伤怀。

> 鸣雨既过渐细微,映空摇飏如丝飞。
> 阶前短草泥不乱,院里长条风乍稀。
> 舞石旋应将乳子,行云莫自湿仙衣。
> 眼边江舸何匆促,未待安流逆浪归。
>
> ——杜甫《雨不绝》

杜甫说,这雨啊,眼看要停了,又淅淅沥沥地下了起来,真是烦人……

不知道究竟是杜甫选择了夔州,还是夔州选择了杜甫。大病减轻的诗圣,在这里过上了有点类似成都的生活。三峡的绮丽风光,独特的风土人情,人情世故的感触,都让杜甫每每触景生情。

天助杜甫。在这里,几个新旧朋友都来帮他,待他不薄。

在夔州,杜甫竟然成了"地主"——管理100公顷的田。田是官田,是都督柏茂林照顾杜甫,特意给他安排的。这么做着还不过瘾,杜甫又自己种了40亩果园,据说是种橘子为主。

这是诗圣真正的耕种生活,他甚至还请了好几个仆人。如此"排场",即使在成都,也不曾有过。

短短的1年9个月时间,他就写了430多首诗。夔州这个山城,因而成了享誉古今的诗城。《登高》《阁夜》《白帝》《秋兴八首》《诸将五首》《咏怀古迹五首》……一大批雄视古今的作品在这里完成。

公元767年重阳,杜甫到夔州已经两年了。时间太无情,离家还那么远,日子却白驹过隙,晨昏恍惚。

那一天,杜甫在家人的扶助下,像往年一样登高望远。

酒是带了的,老妻也没忘提了一篮菊花。喝酒赏菊,唐朝高士的高雅之举。再潦倒,再虚弱,生活的仪式感还是要有。

站在最高处,杜甫佝偻着腰身极目远眺。秋风过处,惊起声声急促的咳嗽。

花白的须发,如同肃杀的稀疏秋草在风中凌乱。杜甫用手指了一下地上的酒杯,示意儿子倒酒。

"酒,就别喝了吧?"老妻犹豫着,接过儿子递过来的酒杯。丈夫的肺病越来越严重,郎中叮嘱过不要喝酒的。

杜甫接过酒杯。两眼紧闭,也不说话,高高举起,须臾间,酒水洒向空中,纷纷扬扬,如同细雨纷飞。

"酒都不能喝了,这算啥重阳节?"杜甫的视线投向地上那一篮金黄的菊花,不禁悲从心来,"菊花啊菊花,以后你就别开了!"

生活艰难,流浪飘零;身体多病,往往力不从心;亲人离散,弟妹们身在何处?所有的点点滴滴如同乌云堆积,瞬间在心里下起滂沱大雨。

伤感让心绪如潮,杜甫一气呵成,写了五首《九日》。

我们来看一下其一。

重阳独酌杯中酒,抱病起登江上台。

竹叶于人既无分,菊花从此不须开。

殊方日落玄猿哭，旧国霜前白雁来。

弟妹萧条各何在，干戈衰谢两相催。

——杜甫《九日·其一》

重阳节就是杜甫触景伤怀的推手。可是不能怨九月九日啊，悲伤的人，进入他眼里的又有什么是快乐的呢？

那天晚饭后，老杜拄着拐杖，又缓缓登上城郊的一个高处。他喜欢伫立在这里，望着滚滚流过的长江出神。青年时代，和李白、高适结伴游历的时候，是坐船经过这里的，那时候是多么意气风发啊，哪里有什么愁？

峡口风大，吹得杜甫衣袂飞扬。峡谷深处猿啼不休，高高低低，此起彼伏，更透出无尽凄凉。滔滔江水，枯枝败叶被裹挟着，身不由己。这长江啊，日复一日，年复一年就这么流着，永远也不知疲倦。而我呢，也和这江水一样一直在流浪着，处处无家处处家……可恨啊，拖着病体独自登高，我的朋友们呢，我的亲人们呢，你们在哪里？

也许是无数次的伫立之后，也许是某一次思潮汹涌，成就了杜甫伟大的《登高》。

风急天高猿啸哀，渚清沙白鸟飞回。

无边落木萧萧下，不尽长江滚滚来。

万里悲秋常作客，百年多病独登台。

艰难苦恨繁霜鬓，潦倒新停浊酒杯。

——杜甫《登高》

一首是《望岳》，一首是《登高》；一个是仰望，一个是俯视；一个是跃跃欲试，一个是驻足叹息。立意不同，却又同样动人心魄。

一个伟大的诗人，不管什么景，不管什么心情，都能发出同样震撼的强音。

哪怕，他只是一只疲惫的沙鸥。

公元768年，56岁的杜甫终于离开夔州，沿江一路漂泊，来到了湖南。

这时候的老杜，肺病更严重了，还患有其他的一些并发症，身体状况很差。但是来到岳阳，他无论如何也要去看看向往已久的岳阳楼。

登上岳阳楼，浩渺的洞庭湖摄人魂魄，果然壮观至极。然而入眼的湖水，转瞬间就发酵成了满面的泪水。

自然如此博大，人却如此渺小。杜甫想到了亲朋离散，想到了拖着病体随一叶孤舟四处飘零，想起了破碎的河山……

遇见歌神，大家都老了

公元769年3月，杜甫带上一家人，从岳阳转向潭州（现在的长沙）。

这个时候的诗圣已经一身病痛。一辈子都在颠沛流离中度过，到这个时候，"回家"的事再也不能耽搁了。少小离家，河南老家就很少回去，也不知道弟弟妹妹们怎么样了，都还好吗？来年春天，怎么样都要从潭州开船——回家去。

而潭州街头，到处是破败的景象。

距离安史之乱的爆发已经过去15年。尽管大唐已经收复好几年，

但是山河破碎留下的创伤仍然触目惊心。国力凋零,到处都是流离失所的百姓。但是江南受到战争影响的相对不大,很多文人雅士都"南流"谋生。

啊,回想开元盛世的那些岁月,江南遍地鸟语花香。而今,多看一眼都是伤心。

第二年春夏之交,天气不错,不冷不热。趁雨季没到,汛期到来之前开船,这是杜甫的计划。

那一天晌午时分,杜甫离开破船,走上码头,在弥漫着陌生湘音的街头上踱步慢走。离开之前,他想看看这座江南名城。

一处居所,隐约传来筚篥雄浑低沉的乐声。

杜甫心头一震,多么熟悉的乐声啊,安史之乱后就再也没有听过。在他年轻的岁月,筚篥、羯鼓、琵琶这些乐器代表着激情飞扬,代表着梦想。那时候,他经常以青年才俊的身份出入岐王府。岐王府主人李范是唐玄宗的弟弟,是个文艺青年,爱好琴棋书画,经常举行各种文艺聚会。当时唐玄宗最欣赏的"歌王"李龟年经常在这里弹唱,那可是大唐最当红的大明星啊。据说和他一起的另外两兄弟李彭年、李鹤年兄弟同样才华横溢,三人一起创作的《渭川曲》唐玄宗最为喜欢。

在远离帝都的江南,怎么会有熟悉的筚篥声?

这是一户人家的宴会。拨开人群,一个须发花白的老者正低头抚琴,幽怨的乐声如呜咽泉声,高低起伏,辗转回响。如此高超的琴艺让人们听得如痴如醉,静寂无声,宴会显然达到了高潮。很快就围上了里三层外三层的观众。这都是年轻时候的曲子啊,杜甫触景伤怀,不禁伤感掉泪,似乎一下子回到了无忧无虑的青年时代。

一曲弹罢,老者起身行礼致谢。诗圣突然眼前一亮,这张沧桑的

| 杜 甫 |

脸似曾相识……难道是？

难道是李龟年吗？那个连皇帝都为之痴迷的歌星。

恍惚间，对方也从杜甫惊愕的表情中看到了不一样。

他怎么都没想到，艺人真的就是他认识的老朋友——李龟年！生活的磨难，都已经将彼此的容颜改变太多。

"我是子美啊！"紧紧握住李龟年枯瘦的双手，杜甫无比激动。当年让岐王、李龟年称作"小杜"的他，转眼已经是58岁的老人，更何况大他十几岁的李龟年呢。

安史之乱后，唐玄宗南逃，失去了宠妃，又失去了皇位。自身都难保，宠爱的宫廷乐师，谁顾得上呢？李龟年只能随着逃难的人群流离失所，四处奔波。

流落到潭州，昔日歌王也只能卖艺度日。生活的苦难把他折磨得不成人样，谁会相信这个老人曾经有多辉煌呢。

李龟年也认出了杜甫，心酸、惊喜让两人老泪纵横。谁也没想到，在人如蝼蚁的乱世，能苟且偷生已属不易，而他们竟然能在遥远的南方相遇，太不可思议了。

李龟年一定想起了曾经给杜甫唱过他的《望岳》吧。在岐王府的日子，他非常欣赏青年才俊杜甫，他的《望岳》是多么意气风发，充满了朝气。而那时候，李龟年身为大唐首屈一指的歌坛大明星，又受到多少人的顶礼膜拜啊。只是多年过去，充满朝气的诗人，诗歌更加成熟犀利，日子却混得一天不如一天。自己呢，没有了大唐这个大舞台，也就失去了知音。

国破家亡，每一个人都是悲伤的音符。

我想，相对泪流之后，杜甫和李龟年应该找个酒肆喝几杯了吧。

会不会是这样的情景：一杯两杯三杯之后，在微醺中，李龟年老泪纵横，不能自抑。杜甫感慨万分，诗情迸发，让店家取了纸笔，一挥而就，一首流芳千世的诗作诞生了。

岐王宅里寻常见，崔九堂前几度闻。
正是江南好风景，落花时节又逢君。

——杜甫《江南逢李龟年》

当年我经常在岐王与崔九的住宅里见到你并听到你的歌声。现在正好是江南风景秀美的时候，在这暮春季节再次遇见了你。

这就是我们今天读到的《江南逢李龟年》，一首乍看优美如画，细品却不胜感伤的七言律诗。岐王府，崔九堂，都是当年杜甫和李龟年共同聚会过的地方，可是那些美好的日子，转瞬间就被流离失所的困顿所代替。那个星光璀璨的红歌星风烛残年，那个意气风发的诗人愁眉紧锁，虽然年未六十，却近若古稀。艰苦的生活，将很多人摧残得未老先衰。

那一次见面后不久，杜甫的人生，定格在湖南耒阳的一座孤岛上。

一年后，李龟年也离开了人世。

在《唐诗鉴赏辞典》，收录了杜甫109首诗，《江南逢李龟年》放在最后，不知道是不是意味着那是杜甫一生最后的诗歌。但可以肯定的是，两个不同领域的大家，能在生命的尽头再度相遇，怎么都是可贵的美丽。

岑 参

铁汉柔肠，可怜客死他乡

他出身豪门，可惜年幼丧父，尽管天赋异禀，还是只能靠自己打拼天下。

20岁独闯长安，无奈人脉不广，求仕不成。多年长安，碌碌无为。

30岁终于科举考中。

渴望建功立业，他踏上了西域之路，给大将高仙芝做幕僚。如果说当时离开妻儿远赴边疆，在荒漠满地的西域，处处写满凄凉的话，那么5年后，当他再度来到西域辅佐大将封常清的时候，眼前的一切都已经变得壮阔瑰丽起来。

成熟的岑参，诠释了什么叫铁汉柔肠。

公元749年，34岁的岑参出塞，任安西四镇节度使高仙芝幕府掌书记。意气风发的他，满怀报国壮志，渴望在戎马生涯中建功立业。

然而理想丰满，现实骨感。满眼荒凉的大漠无边无际，少有人烟，进入8月就开始酷寒难挡，更是可怕。这样严酷的自然环境，让生活在中原的诗人非常不适应。

比自然环境更严酷的，是他并没有能够在边塞施展才华。似乎所有人都有一种偏见，觉得岑参是个读书人——读书人怎么可能带兵打仗？

　　一边努力着，一边承受着周遭的不认可。在兵营里，岑参看到最多的，是怀疑、嘲笑的眼神。而事实上，当兵打仗最需要历练，"胆大心细"必须是在磨炼中捶打出来的。可惜，岑参得到锤炼的机会很少。

　　郁闷吗？当然郁闷！何止郁闷！

　　在那样的环境下打仗，岑参觉得度日如年，不知什么时候才能离开这个遥远的地方，回到长安家里和家人团聚。

　　漫漫征程，何处是终点？何时才能返程？

　　他不敢想。

　　有一天，队伍又在行军，行进在茫茫的戈壁。

　　胡思乱想间，迎面走来几匹高头大马。大漠中很少有人，路遇让岑参兴奋。看起来，这些人显然是公务人士，他们从哪里来，往哪里去呢？

　　一看，岑参吃惊得大叫起来——领头的，居然和他相识，一起喝过酒的。

　　才知道对方返京述职，正抓紧赶路呢。

　　一瞬间，岑参感慨万千，离家一年多了，艰苦的环境和郁闷的心情让他一安静下来就想家。可是，地理环境的恶劣导致通讯几乎断绝，根本无法跟家人有任何的联络。

　　那一刻，岑参恨不得停下马来，取出纸笔，把千言万语写下来，让朋友带回长安啊。可是怎么可能呢，双方都行色匆匆，充其量也就是擦肩而过。

　　要是早有准备就好了，相信当时岑参心里是直喊遗憾的。事已如

此，那就带个口信回去吧。他快速地和朋友耳语几句……然后，很快又被行军队伍裹挟着，继续前进了。

身不由己有多悲哀！

一步三回头，岑参泪流满面，这一次，总算能给家人带去他只言片语的信息。"而我，什么时候才能像他们一样，策马踏上归程呢？"

情难自禁，岑参诗情迸发，于是如水流出。

故园东望路漫漫，双袖龙钟泪不干。

马上相逢无纸笔，凭君传语报平安。

——岑参《逢入京使》

从西域回来，岑参和李白、杜甫、高适出游，心态大有改变。但他还是挂念着边塞，觉得挺遗憾的，毕竟自己是有能力在那里干出一番天地的。

机会真的来了。

公元754年，封常清任北庭都护、伊西节度使。岑参再度出山，成为封常清的谋士。

那一年，岑参奉命前往西域，任判官一职，前任判官姓武。

此时的岑参，早就不是年轻时候的模样了，他的格局更大，看得远，不会为区区小事牵肠挂肚。事实上，他是唐代几个边塞诗人中最"名正言顺"的，因为只有他真正上过战场打过仗。

经历磨炼，人的格局、情感都会得到升华。

这一次，岑参再度来到西域，风景依旧，可是感觉却已经不同。

无际的沙漠在他眼里成了"瀚海",一夜之间就铺天盖地的暴雪,在他的笔下成了"千树万树梨花开"。看吧,岑参在和武判官交接时候的所见所想,都如春日花开一般的绽放在我们面前。

北风卷地白草折,胡天八月即飞雪。
忽如一夜春风来,千树万树梨花开。
散入珠帘湿罗幕,狐裘不暖锦衾薄。
将军角弓不得控,都护铁衣冷难着。
瀚海阑干百丈冰,愁云惨淡万里凝。
中军置酒饮归客,胡琴琵琶与羌笛。
纷纷暮雪下辕门,风掣红旗冻不翻。
轮台东门送君去,去时雪满天山路。
山回路转不见君,雪上空留马行处。

——岑参《白雪歌送武判官归京》

暴雪又怎样?酷冷又如何?所有的严酷景象在岑参的笔下好像又满血复活了。这个铁血汉子,有一般人所没有的柔情。

不得不说,有什么样的心境,就有什么样的风景。意气风发的时候,再恶劣的环境也自带诗意。

没有任何征兆,"安史之乱"突然爆发。

公元757年2月,唐肃宗由甘肃彭原行军,目的地是凤翔。受到重视的岑参得以随行。

唐军还是给力的,9月份就收复了长安。

高兴是自然的,岑参却在没日没夜的行军中越发想家。他的家乡是河南南阳,当官以后久居长安,早就将长安看成了"故园"。

某天,行军途中的岑参看到沿途很多百姓随身带着茱萸,原来是重阳节到了。思乡的情绪又猝不及防地涌上心头。

感性的诗人总在不知不觉间,让乡愁沦陷。

强欲登高去,无人送酒来。

遥怜故园菊,应傍战场开。

——岑参《行军九日思长安故园》

感觉岑参好多诗歌都是跟行军有关的。这首诗很通俗,一个"强"字,一个"傍"字,耐人寻味,嚼之味甘,将诗人身不由己的内心世界表现得淋漓尽致,表现出百姓期待安史之乱早日平定的愿望。

岑参的作品,大多是表现想家的情绪,表现战争背景下渴望和平的百姓愿望,这些诗歌往往让人泪目。

但是岑参同样是个很有趣的人。公元751年3月,第一次出征的岑参在暂时完成漫漫大漠行军之后,在凉州城暂作休整。

春色让这座西北小城有了不一样的生机。城门边上的榆钱树,嫩绿的榆钱儿在乍暖还寒的春风中摇曳。

从行军的困顿中恢复了精神,岑参饶有兴致地在小城到处走走。一个卖酒的老汉吸引了诗人的注意,这老头啊,看着都七十有余了,还是那么硬朗,在满地堆着的酒壶酒瓮间自如穿行。

抬头,是风中摇曳的榆钱儿;低头,是沁人心脾的酒香。岑参开始调皮了，他笑着跟老头打趣："老师傅哈，你看这满树都是钱呀，不如我摘点来买你的酒吧，如何？"

老人七十仍沽酒，千壶百瓮花门口。
道傍榆荚巧似钱，摘来沽酒君肯否。

——岑参《戏问花门酒家翁》

不知道卖酒老翁如何应答，我想，要是刚好那老翁是个有趣的人，该是一个快乐的场面吧。如果无趣，就可能收获一对白眼，附送一句"神经病"。

52岁那年，"安史之乱"的伤痛还让大唐百姓人心惶惶，吐蕃部落又在西南边疆燃起战火，对虚弱的大唐进行侵占。曾经很平静的四川大地狼烟四起，兵乱很严重。在狼藉的难民流中，岑参衣衫褴褛，他混杂其中，逃往成都。

兵荒马乱的年代，岑参和很多大唐子民一样，命如蝼蚁，苟且偷生。

如果早一年半载，或许岑参的命运会有所不同。但是没有如果，他辞了官是要回长安的，谁知道撞上了兵乱。

在成都的一间小客栈，岑参住了下来。到处是兵乱，路上危机四伏，风声鹤唳。他觉得还是先住下，看看情况怎样再说。

又过了几天。某个早晨，店家敲岑参的房门，想要给他送开水，敲了半天也没见动静。店家疑惑，从木板门缝往里瞅，吓了一跳——这个身材高大的客官，斜着仰面而睡，被褥有一半耷拉着掉在地上。

破门而入，岑参已经断气多时，浑身僵硬。

没有人知道为什么，一代"诗雄"岑参，就这样把生命结束在他乡，再也回不到"故园"长安。

如果当时有手机的话，我想其时正从成都往荆楚地带逃命的杜甫一定能跟岑参联络上，两人结伴逃难，或许都能改变两人的命运。可惜得很，也许杜甫前脚刚到湖南衡阳，岑参后脚就到了成都。

不经意的错过，结果却是殊途同归——在耒阳方田驿，杜甫走完了他传奇的一生。

心心念念梦回家乡，却客死他乡。花了半辈子的时间都回不到家，岑参和杜甫生命的结局惊人相似。

如果老天有情，会不会也为两个大诗人太多的相似点感到唏嘘呢？

记住那个时间吧，公元 770 年。岑参 52 岁，杜甫 58 岁。

王昌龄

七绝高手,连李白都是他的粉丝

盛唐诗坛牛人辈出，随便拉出一个就是王炸。

要说整体实力，李白可能独步天下。但是论单项技术，能跟李白平分秋色，甚至高出一等的，肯定是有人的。

比如王昌龄。单凭一个"七绝圣手"的美称，就值得李白仰目。事实上，王昌龄也是李白的偶像。

（一）

和很多含着金钥匙出生的诗人不一样，王昌龄出生在一个很普通的乡村人家。

家穷，读书是个问题。也不知道他是怎样度过少年时光的。反正等到 20 岁的时候，不少人就知道老王家有个最靓的仔，写诗不错的。

就在村头村尾的好事婆娘张罗着给小王做媒的时候，王昌龄却收拾行李，打个"驴的"就去了嵩山——学道去了。

上山学道，在道教盛行的唐代很正常。尤其对要求上进的后生来说，不仅省了家里的口粮，还能学到东西。道观里的有学之士，那可不少。

王昌龄

那一年，王昌龄23岁。这个年龄，有志向的富家子弟选择出门游历，以此开阔眼界，结交天下朋友。家里没钱，王昌龄只好走学道的路子。

具体跟了哪个师父学道，谁知道呢，反正在嵩山，小伙子既来之则安之。每天看书、炼丹，跟师父学习道教的经典、科仪、符箓、武学等，每天单调又充实。王昌龄的认真劲儿得到了师父的认可，他觉得小王是道教的可造之才。

王昌龄学道，其实不过是想将它作为跳板罢了。在他心中，绝不是做个道士那么简单。大唐盛世，不做出一番事业实在太对不起自己。

等羽翼丰满，学有所成，就是下山的时候。

秋去冬来，三年蛰伏，王昌龄勤勤勉勉，跟随师父学到了很多东西。

他常常站在山顶上遥望长安的方向，心里泛起层层涟漪。关于未来，他跟师父说过，师父支持他的想法，但是也告诉他，一个人要建功立业，绝不是盲目而为之，一个人只有真才实学，才能走遍天下都不怕。

什么时候才是下山的时候呢？

某一天早上，像往常一样，王昌龄做完功课，然后操着长长的扫帚，一下一下，唰唰唰地清扫道观前后的落叶。这样的日子，他过了三年。

道长微笑着出现在他面前。

"明天你可以下山了！"道长是不是窥见了自己不安定的心？虽然一直在想，但当道长说出这一句的时候，王昌龄还是吃惊不小。

"你已经学得够多，师父没有新的东西给你了。下山后，你就去边塞吧，那里可以给你建功立业的机会。"师父指着西北的方向。那个战事长年不断的瘠薄之地，似乎遥不可及。

没有经过科考，没有人脉，靠自己打拼谈何容易！师父的指点让王昌龄心中为之一亮，觉得很有道理。吃得苦中苦，才能做到人上人。

第二天天刚亮，在叽叽喳喳的鸟鸣声中，王昌龄背着包袱，挥手告别道长、道友们，独自下山。

来到西北边境，王昌龄成了一名军人。

一望无边的戈壁，刮不完的西北风，吹不完的风沙。在这样人烟寥寥的荒漠生活，别人看到的是迷茫，甚至是死亡的气息。王昌龄看到的，却是长河落日的壮阔，金戈铁马的雄浑——就算残酷，那也是壮丽的美。

这就是一个诗人的视野。

所以我们读到了熟悉的"秦时明月汉时关，万里长征人未还"；读到了"黄沙百战穿金甲，不破楼兰终不还"的英雄气概；读到了壮阔的反战诗"黄尘足今古，白骨乱蓬蒿"；"大漠风尘日色昏，红旗半卷出辕门。前军夜战洮河北，已报生擒吐谷浑"的志在必得……

有人统计，唐代著名的存世边塞诗有 64 首，王昌龄占了 13 首，独占鳌头。

壮美的诗歌一首接一首，王昌龄的名气很快就大了起来。军营里谁都知道，最近来的那个年轻人，诗写得忒好。

如果你以为王昌龄从此揭开了"建功立业"序幕的话，那可错了。

要是在都城，王昌龄的诗情恐怕会惊动朝野，身边会绕着不少粉丝。但那是在边塞，那是打仗的地方。

打仗和写诗，反差太大。

他的诗歌，在这里固然有掌声，但夹杂着的，还有很多嘲讽，包括来自领头的军官。

在他们的眼里，诗歌属于后方的东西——要是诗歌能打败敌人，那还需要这些武将们干什么？

所以，战场上写诗的，并不是"正经事"，而热衷于耍玩文字的，又如何耍枪弄棍、拿刀拿枪？

所以，诗歌对王昌龄的发展而言，反而成了阻碍。

他的想法，他的建议，不仅没有人愿意听，甚至每一次发言，都被嘲笑声无情覆盖。

"手无缚鸡之力，还打仗？"

……

诸如此类，不绝于耳。

他甚至没有资格佩带武器。他的工作，是一个小书办。什么工作？大概也就是抄写一下文书之类吧。

纵有千万种想法，没人欣赏也是无奈。王昌龄内心的郁闷可想而知。

西北，我来了，可是我的路究竟在哪里？

又一个郁闷的傍晚。王昌龄独自坐在荒原上发呆。大漠的晚上，即使夏天也是寒意侵骨。

"来点酒吧！"不知什么时候，有战友走到身边，拉着他坐下，二话不说——喝酒。

几杯酒下肚，王昌龄就有了喷发的冲动。内心郁闷的人，酒总是发泄情绪最好的引子。

情绪稍微平静，战友的一句话又让他内心泛起波澜——"我觉得，你还是走吧，科考一定没问题！"

有时候，简单的一句话就能改变一生的轨迹。科考，他怎么可能没想到呢？只是之前没敢想罢了。而今总算有点名气，那可是考试很大的资本！

王昌龄真的走了。

边疆大漠留给他的，绝不是不被重用的郁闷。没有残酷现实的锤炼，没有战地的熏陶，不可能有他边塞诗的成就。

再后来，王昌龄如愿考中进士。

感谢曾经艰难的岁月，感谢曾经轻视我的人……当金榜题名，王昌龄会不会如此感慨？

（二）

也许是天妒英才吧，老天总不能让一个人独占天下好事。他的职场却一直失意。一代名家，却命运多舛，让人叹息啊。

考中进士以后，应该说到王昌龄大显身手的时候了。然而并没有，他迎来的，是接二连三的坏运气。

当时，王昌龄被授予秘书省校书郎。这是什么样的官？秘书省在古代是专门管理国家藏书的机构，相当于现在的国家图书馆。校书郎一职便是负责校订书籍，检查藏书有没有错误。这样的官职实在不咋的，心高气盛的王昌龄才不会满足于此。后来，他再应博学宏词科的考试，这是科举考试制科之一，考中以后有机会选更高的官职。厉害的王昌龄果然再次登第。只是结果还是让他失望——官职还是原地踏步。

《旧唐书》中说，王昌龄"不护细行，屡见贬斥"，也就是说王

王昌龄

昌龄日常不注意小节，所以不但官位升不上去，还屡次被贬。

不注意小节，比如嘴巴乱放炮，在职场可不是小事。王昌龄很可能就是因为这样的缘故，得罪了其他同事，从而受到排挤，导致岗位一而再地被调整。

36岁那年，王昌龄被调到江宁（今南京）做县丞。从长安到河南，再从河南到江宁，王昌龄对这样的调动很不满，觉得不公平。

心里不平，便有了情绪。

于是王昌龄故意拖着拉着，久久没有到江宁报到。半年后终于到了，却又到处游山玩水，饮酒作诗。

说说吧，这样的工作态度如何服众！别说一个人的命运如何不好，先看看自己该做的是否已经到位。

所以王昌龄在著名的《芙蓉楼送辛渐》说的"一片冰心在玉壶"，我倒觉得他是当局者迷，自己都不知道自己做了什么，总觉得世界辜负了自己，都是别人冤枉自己的。所谓的"冰心"，不过是自己觉得罢了，对别人而言，都不知道你"壶"里装的究竟是什么。

唉，人啊，要是在出问题的时候多反思一下自己，可能就不会一错再错，最终酿成大错了。

60岁左右，"安史之乱"爆发，唐玄宗出逃成都。反正都天下大乱了，被贬在龙标的王昌龄一不做二不休——走人！

走去哪？史书记载"世乱还乡里"——回家！不过我倒觉得没那么简单。当时太子李亨在灵武称帝，弟弟永王李璘和他对抗，也想趁乱抢夺皇位。仕途不得意的王昌龄很可能想去投靠永王李璘，毕竟当时他的好朋友李白就在李璘麾下呢。

走到安徽亳州，王昌龄松了一口气，打算歇一歇再走。可是他没有想到，这里竟成了他人生的终点站——亳州刺史闾丘晓将他残忍杀害！

杀害王昌龄的原因，历史上并没有统一的答案，大多含糊其词地说"妒才"。说闾丘晓担心满腹经纶的王昌龄来到这里抢了他的饭碗。

当时距离亳州百里的睢阳城被叛军攻打，正处在生死存亡的紧急关头，朝廷命令闾丘晓带兵增援。可是犹犹豫豫的，贪生怕死的闾丘晓迟迟没有出兵，延误了军情。

关于王昌龄被杀的原因，有一个说法我比较赞成。就是正义的王昌龄来到亳州，发现闾丘晓竟然违抗军命，大为光火，于是直接指着这货大骂。要知道，王昌龄骂人的功夫少人能比。

被一个逃犯指着鼻子骂，闾丘晓不恼怒才怪。于是，便有了杀掉王昌龄的结局。

以王昌龄的个性，大骂一通闾丘晓是完全有可能的。

如果这说法真实的话，那么，王昌龄还真是最终败给了自己。正义很可贵，但是方式也很重要，不恰当的方式不仅没有得以伸张正义，反而适得相反。

白居易

唐诗"魔王",一写诗就入魔

李白是"诗仙",诗坛仙界,不得了。

而在诗坛的"魔界",白居易首屈一指。

这个乐天,据说他一生作诗3840首。这个数据哪里来?必须怀疑!直到今天,他的"新作"还不时在东南亚国家找到。那个时代,赠诗太多,随手赠上一首。一转身就人诗两别,诗歌再也不在作者身边。

写了多少诗,鬼才记得。

白居易,作为当时朝野大受欢迎的明星诗人,写诗的状态无人能比。

一写诗就入魔——包括各种讽喻诗。

写　诗

讽刺谁?讽刺朝廷!不仅讽刺一般官员,还讽刺当朝皇帝、先皇。

那么大胆,是不是活腻了?对不起,皇帝非但不怪罪,反而在他死的时候,还特意写了悼词,称赞他的那些讽刺诗写得漂亮!

一天下午,睡了个饱觉的宰相李绅刚起床就收到一条信息,是元稹发来的。

| 白居易 |

"短李短李,快去看看老白的空间!"元稹经常大惊小怪的。

这乐天,是不是又约酒了!

打开空间一看,李绅哈哈大笑,乐得前俯后仰。李夫人看得莫名其妙,她丈夫的那几个老友,总是有点神神经经的。

白居易的空间发了一首新诗——《编集拙诗成一十五卷因题卷末戏赠元九李二十》:

一篇长恨有风情,十首秦吟近正声。
每被老元偷格律,苦教短李伏歌行。
世间富贵应无分,身后文章合有名。
莫怪气粗言语大,新排十五卷诗成。
——白居易《编集拙诗成一十五卷因题卷末戏赠元九李二十》

诗歌的题目很长,写两件事——炫耀诗集汇编完成;调侃老友元稹、李绅。

在诗中,白居易先喋喋不休,再次炫自己的《长恨歌》,而后炫他最近的组诗《秦中吟》,然后开始调侃元、李:每被老元偷格律,苦教短李伏歌行。呵呵,我的诗歌写得太棒了,让元稹你忍不住来"偷师","短李"你呢,不服我可是不行哦。这么夸自己,白居易脸不红心不跳,继续来——世间富贵应无分,身后文章合有名。荣华富贵不是你想有就有,关键是我写的一堆诗歌,足够身后名扬了。结尾更是大言不惭——莫怪气粗言语大,新排十五卷诗成。"看看吧,这是我刚新鲜出炉的十五卷诗。"

言外之意——哥有的是新作，你们眼馋吗？

想想 16 岁那年，青涩的白居易怀揣《赋得古原草送别》，干谒顾况的时候，顾大人只听了他的自我介绍，就轻蔑一笑："长安啥地方？房价贵得很，你还'居易'呢！"等到读了白居易的诗，才惊为天人，连声说刚才是开玩笑的。

27 年过去，43 岁的白居易经历了很多，早就稳固了自己的诗坛地位。这首诗，虽说是对着自己的铁哥们调侃，无伤大雅，但却折射出他写诗时"有话就说"的艺术主张。

敢说，成了白居易一生的标签。

而讽刺朝廷，你知道他出手有多狠吗？

有话就说，这话说得容易，真正做到的诗人有多少个呢？

李白有话就说吗？NO！看到庐山瀑布，他拼命夸，恨不能把它夸成天下第一瀑布；喝了酒，他才敢让高力士为他脱靴；你看他为杨贵妃写的捧脚诗，真的不是拍马屁？真的是他的心里话吗？

王维有话就说吗？NO！王维"见风使舵"的本事大得很。这里的"见风使舵"不是贬义词，我的理解是，王维情商太高，吃过一次亏，就不会吃第二次亏，他不仅不会在同一个地方摔倒，而且尽可能不在别的地方摔倒。所以他的诗歌，极少涉及政治，他的田园诗名满天下，换个角度看，那是他保护自己的盔甲不是吗？

杜甫有话就说吗？应该是。但是他基本上是就事论事，很少点名。胆量，到底还是小了点。

白居易就不同了，他的有话就说，达到了极致。

"宣城太守知不知，一丈毯，千两丝。地不知寒人要暖，少夺人衣作地衣。"《红线毯》里，直接对宣城太守开炮。

"十家租税九家毕，虚受吾君蠲免恩。"《杜陵叟》的结尾处，白居易说十家缴纳的租税九家已交完，白白地受了我们君王免除租税的恩惠。他讽刺说，皇上的恩典是假的，就如同我们今天说的"木鸡腿"一样道理，所谓的免税政策其实是一场骗局。

而在著名的《长恨歌》，一开头就是石破天惊的"汉皇重色思倾国，御宇多年求不得。"说啥呢？说唐玄宗好色，在全国寻找美女，竟然找了多年也找不到合心意的。整首作品，看起来是描写唐玄宗和杨贵妃的爱情故事，但他想表达的主题很明显：一个重色轻国的帝王，一个娇媚恃宠的妃子。在当时，尽管距唐玄宗去世已40多年，但是这样的言论也是够大胆的，指名道姓对先皇评头论足，你让皇上情何以堪？

还是让我们先把目光投到青年时代的白居易吧。

27岁中举，这样的年龄在当时绝对不大，要不然他也不会沾沾自喜地在大雁塔题下"十七人中最少年"的诗句。

不得不说，白居易的官运很不错，他很快做到了校书郎、周至县尉、翰林学士等。

那么受重用，对一个没有什么家庭背景的白居易来说很难得。这个时候的他，不应该对朝廷的知人善用感恩戴德吗？他一个文学青年，创作的作品，用脚趾头都能想到，必定是弘扬正能量，歌颂朝廷，歌颂皇上英明。

可是并非如此！

某年某天，经过深思熟虑的白居易在纸上写下一个潇洒的字——

"讽"。

他的创作主题，锁定在"讽喻诗"！

太让人意外了。

长安所见所闻的诸多不良风气，成了白居易不吐不快的第一主题。嫌贫爱富的婚姻现状，官员奢靡腐败之风，高层霸占职位不肯退休的现象，江南地区饥荒导致人吃人惨剧等等。从皇帝的政德，到国家干部政策、财税政策、文化政策、社会风气，白居易逮到什么就抨击什么。

千万别以为白居易写讽喻诗是一时手痒，这个主题的组诗，他可是要做大的。

《秦中吟》组诗算是容量最小的，只有 10 首。但是就在人们以为他停手，"迷途知返"的时候，安静了一段时间的白居易，一甩手就是包含了 50 首之多的《新乐府》。

疯了，他疯了！同事们窃窃私语，觉得这人那么高调，一定是疯了。

可怕的是，白居易写诗的特点就是通俗易懂，老少都能看得明听得懂，而他的诗歌题材又是老百姓关心的话题，这样一来，白诗的传播力可就大了。在他写给元稹的信中是这么写的："自长安抵江西，三四千里，凡乡校、佛寺、逆旅、行舟之中往往有题仆诗者，士庶、僧徒、孀妇、处女之口，每每有咏仆诗者。"好家伙，那真是男女老少三教九流通杀啊！这影响力实在太大了！

更可怕的是，讽喻诗可不是白居易一个人在写。在他的影响下，好朋友元稹、李绅也加入了"吐槽"朝廷的行列。李绅在白居易之后，也搞了《乐府新题》20首，元稹搞了《新乐府》12首，全是大炒特炒社会负面现象的。

这不是以白居易为首的文艺小团体吗？

恐怕所有的人都为白居易捏了一把汗。他那么大胆，就不怕朝廷找上门来，把他给封杀了吗？

似乎并没有！

白居易一辈子就吃了一次大亏，就是被贬到江州做司马，从而成就了《琵琶行》的那一次。但那跟他的讽喻诗没有直接联系，而是政治上的斗争。

唐宪宗倒是说过白居易这家伙挺会折腾之类的话，觉得这货写这些东西乱七八糟的，实在多余。但是并没有因此处置他。

反而，越是到晚年，白居易的官职越是高。最后的官职，每个月的薪水"月俸百千"，一个月十万钱。十万钱相当于今天多少人民币？百度一下，有人说是三百万……我的乖乖！

这是一个神奇的现象。即使在开明的盛唐，能这么肆意抨击朝廷也依然屹立不倒，几十年独善其身的，实在是少有。更让人瞠目结舌的，是白居易在去世的时候，皇帝非常难过，亲自写诗吊唁。

缀玉联珠六十年，谁教冥路作诗仙。
浮云不系名居易，造化无为字乐天。
童子解吟长恨曲，胡儿能唱琵琶篇。
文章已满行人耳，一度思卿一怆然。

——李忱《吊白居易》

哈哈，"童子解吟长恨曲，胡儿能唱琵琶篇。"皇帝李忱不仅深切悼念白居易，对他嘲讽先皇的诗歌，直接来一句"骂得好"！

对"白居易现象"，很多专家学者也在研究，分析他疯狂写讽喻诗，"运气"却依然那么好的缘故。

有一个观点挺有意思的，细想也挺有道理。

这个观点是说白居易对唐宪宗知遇之恩的深切回报。仕途的一路平步青云，让白居易内心感激涕零，发誓要回报宪宗的知遇之恩。而在他看来，创作出能够反映民生疾苦的讽喻诗，从而促进统治者和被统治者有力的沟通，是报君恩的最佳方式之一。或许这样的说法是对的，他在《寄唐生》一文中这么写："唯歌生民病，愿得天子知"。

忠言逆耳，是不是白诗的精髓？

喝　酒

绿蚁新醅酒，红泥小火炉。晚来天欲雪，能饮一杯无？

特别特别喜欢白居易这首《问刘十九》。雪天，黄昏，小火炉汩汩冒着热气，新酿的土酒香气四溢，简易的桌子上，摆了刚刚烧好的牛肉汤、烩菜，喷香的锅贴，冬季难得的红烧黄河鲤鱼。

晚年的白居易远离政治，隐居在洛阳的他，最爱如此地道的小酒小菜。

一个人喝酒总不尽兴，不妨呼朋唤友，一边喝着一边聊着，啥也不用管。于是老白想到了"刘十九"，要是那时候有手机微信的话，

白居易

我猜他必然是这样简简单单扔一句过去的，连称呼也省了——"来搞一杯！"

老友就是这样，太客气就生分了。诗歌以问话收尾，也不知道"刘十九"最终来喝酒了没。来不来，白居易这酒都一样喝得开心，你看他的诗歌，就知道正是非常恬淡的心情。人开心的时候，怎么样都是舒服的。"刘十九"要是能来，那是锦上添花了。

白居易不是什么酒鬼，他喝酒和李白、贺知章是有区别的。或者说，他酒品特别好。酗酒是不会的，借酒发疯更是不可能。看他喝酒，你能读出温文尔雅的文化气息。

我们一起翻翻看，白居易的酒友都有谁？

刘禹锡，最好的酒友。

诗歌里的"刘十九"，据说是白居易被贬做江州司马时候认识的朋友，两个人很聊得来。想想啊，能让白居易专门请来喝酒的人，哪能是一般人！刘十九还出现在白居易别的诗里。比较靠谱的说法，"刘十九"叫刘禹铜，是河南登封的嵩阳处士。

网上有人说"刘十九"是刘禹锡的堂哥。实际上碰巧名字有点接近罢了，很可能两者没有关联。否则刘禹锡跟白居易是老铁，三个人一定有交集，比如酒席，比如其他场合，对写诗像发朋友圈那么随意的白居易来说，怎么会不留下相关诗作？

和"绯闻兄弟"刘禹铜相比，刘禹锡可就是白居易不折不扣的酒友了。

有一首诗《赠梦得》是这么写的——"前日君家饮，昨日王家宴。今日过我庐，三日三会面。"哈哈，你看吧，这两个人连着三天喝酒，

前天在你家，昨天在隔壁老王家，今天到我家……这样的生活，真是不要那么惬意嘛。

天天喝，那还不是酒鬼吗？当然不一定！醉翁之意不在酒，在于什么呢？在于聚会呗，在于聊天呗。志同道合的朋友，都有说不完的话，绝非贪杯。

刘禹锡是河南洛阳人，白居易是新郑人，同朝做官，既是老乡又是同事，这样的关系，加上性格相投，两人的关系实在是不能再铁。可惜在壮年的时候，白居易仕途不顺，被贬做江州司马，而刘禹锡更惨，一贬再贬，23年的时间都耗在贬谪之上。所以两人在一起喝酒，基本也是老年的时候了。

"梦得兄，哪天带我们去看看你的陋室呀？"

"没问题的啦，等天气凉快一点就走起。"

"对了，乐天兄，你当年看的山寺桃花，是真的那么漂亮，还是经过美颜的了？"

"那还用说……我告诉你啊，其实当时我眼馋的是桃子哈，跟你在长安吃的那些品种一样，甜过初恋哟！"

"唉，就别取笑我了，要不是那些桃花，我梦得也不至于一贬再贬。说来也怪，那时候真不怕，年轻真好啊，无所畏惧，看不惯的，要骂就骂他个狗血淋头，哈哈！"

"咱俩彼此彼此吧，我写的骂诗，可都成我白乐天的标签咯！"

……

经历相似，结局相近，两位大诗人既惺惺相惜，又相互调侃取乐，说起往事来就不会打句号。

| 白居易 |

刘禹锡是个打不倒的"刘郎",回顾多年被贬,想必这些经历都成为每次约酒时的话题吧。白居易也有故事,但是我猜应该是刘禹锡讲的多一些。不是经历多的原因,关键是他这人"没心没肺",再难的事情对他来说几声哈哈就能打发。想当年,"桃花诗"一再让刘禹锡被贬,这样的厄运对一般人来说可能一次就足以被打垮,但是他不会,他乐观豁达。到后面,正是豁达的性格最终诞生了名篇《陋室铭》,这些不管多苦的经历,对刘禹锡本人而言就是一个笑话而已。刘禹锡的性格太豪爽,我猜酒桌上就是他唱独角戏的多吧。

"渐觉咏诗犹老丑,岂宜凭酒更粗狂。""小酌酒巡销永夜,大开口笑送残年。"看这些诗歌,真是让人羡慕这俩老头的退休生活啊。"闻道洛城人尽怪,呼为刘白二狂翁。"——在洛阳城,人们都熟悉了"刘白",常常拿他们取乐。

有一首《与梦得沽酒闲饮且约后期》特别精彩。公元837年,白居易和刘禹锡同在洛阳担任闲职,就是所谓的人生不得意呗。哥俩阅尽人世沧桑,饱经政治忧患,官场浮沉几十年。年近古稀,格外珍惜在一起的日子。二人相约饮酒时,白居易便创作了这首诗。

少时犹不忧生计,老后谁能惜酒钱?
共把十千沽一斗,相看七十欠三年。
闲征雅令穷经史,醉听清吟胜管弦。
更待菊黄家酝熟,共君一醉一陶然。
——白居易《与梦得沽酒闲饮且约后期》

"共把十千沽一斗"，两人争着拿十千钱买一斗好酒。这不就是抢着买单吗？

"更待菊黄家酝熟，共君一醉一陶然。"——待到秋天，家里自酿的酒熟了，我再与你一醉方休。嗯，到时就不用为买单争着抢着了。薪酬，看来还是有限啊。

白居易和刘禹锡，他们喝酒喝得那么爽，就连买单都抢得那是一个欢。

元稹，是白居易最交心的朋友。

"元白"是唐诗史上对元稹、白居易诗歌成就的赞誉，两人是同科入第，也都是老乡。

两个人的关系，不是兄弟胜过兄弟。查阅《唐诗鉴赏辞典》，收录的元稹诗 12 首，就有 5 首是写给白居易的；而白居易的也收录 6 首给元稹的赠诗。他们相互写的诗，不是喝酒，就是道别，不是想念，就是做梦。敢问天下有多少亲兄弟能做到这样？

单说在酒桌上，元稹可以说是非常好的酒友了。

"唯有元夫子，闲来同一酌。把手或酣歌，展眉时笑谑。"看看，白居易这样发在朋友圈的，尽管只有文字，但是字里行间，已经给我们展现了一幅其乐融融的画面。要是有手机，白老师一定凑够九宫格图片，配上诗作，那可是绝配！

不过呢，白居易和元稹能坐在一起喝酒的时候应该不算多。因为在很长的时间里，两人都不在一地做官，元稹一辈子比较忙碌，经常不断地更换任地。等到了白居易退休养老的时候，元稹又已故去。

所以啊，造物弄人，最交心的朋友，在一起的时间并不太多，喝酒谈心就更少了。倒是和刘禹锡，才是酒桌常客。

老白自认为元稹是自己最为交心的朋友，只是能坐在一起喝两杯，海阔天空谈天说地的时候真是太奢侈。古代文化人的命运就像浮萍，哪里是自己能主宰的呢？

李白呢？杜甫呢？

白居易从来不会喝得酩酊大醉，像李白那样醉倒在黄山半山腰的事不可能有，这是性格使然。白居易的诗歌以现实题材为主，李白以无边际的浪漫为主，讲究的是一个"狂"字，喝起酒来不醉不尽兴。

要是可以穿越约酒的话，我想白居易应该不会找李白。他的土酒，可能李白看不上眼。李白对"土茅台"不感兴趣，他要的是名牌好酒，什么"老春酒"之类的，什么高级喝什么。买不起？他就没有买不起的时候。没有钱？蹭贺知章去，或者五花马，千金裘随便拿去，够扣酒钱就行！

此外，酒不逢知己，一杯就多。李白对现实主义诗人杜甫爱理不理，对介于现实和佛教之间的王维，干脆就"不认识"。由此可证，白居易和李白——没话说！

杜甫倒是有点合适，两人的诗歌风格挺近的，性格也差不到哪里去。不过呢，这两人若是一起喝酒，聊的话题大概也仅限于诗歌吧，"谈生活谈人生"恐怕有一丢丢话不投机。白居易虽然现实，但是他骨子里还是有着文人的傲娇，有一定的生活情趣。要是把他换成杜甫来到九江码头，恐怕船上的琵琶声吸引不了他，甚至远见远闪，他会觉得那是红灯区。路边的野花，他很少看。

和杜甫坐在一起喝酒，老杜永远愁眉不展，这个穷了一辈子的老实人，有着诗人少有的木讷。再说，或许就聊他的"山妻"，他被饿死的小儿，他那茅草覆盖着的草堂，他那不知死活的弟弟们，然后不合时宜地掉几滴泪。

能够陪着喝两杯酒，不需要大醉，微醺足矣。这样的微醺，是需要建立在聊天的满足之上的，这样的酒友，李白不敢惹，杜甫无趣……

还是不穿越吧，论白居易的酒伴，刘禹锡和元稹为最好，可遇不可求。

晚　年

白居易的晚年，或许可以这样去概括——多病的无奈，丧子的悲痛，凡心的淡泊……

从一个锋芒毕露的讽喻诗斗士，到卸下铠甲，收起锋芒的普通老人。我们看到了一个不同，又很真实的白居易。

公元826年，54岁的白居易结束他的官场生活，回到洛阳。虽然之后陆续担任不同的官职，但基本上已经开始了退休生涯。

对退休后的生活，白居易早就规划好了：修一座大房子，有院子有花园的那种；养一些才艺高超的歌妓；和朋友游山玩水，饮酒吟诗……

大房子很快就搞起来了，是一幢高级别墅。

竣工那天，亲朋好友都来庆贺。

现场很热闹，老白笑得胡子都凌乱了。

客人散尽，白居易铺纸挥毫，一气呵成《池上篇》："十亩之宅，五亩之园。有水一池，有竹千竿。有堂有亭，有桥有船。有书有酒，有歌有弦。有叟在中，白须飘然。"

占地十亩的屋子，占地五亩的花园，有人工挖就的水景，桥是有的，船也是有的，池塘边种着翠竹……

想想余生的日子，在这里写诗会友，喝酒喝茶，听听歌看看舞，够了！

起码说，白居易在退休头几年的生活如他所愿，很惬意。

喜事，有时总不约自来。

59岁那年，白居易晚年得子！

喜不自胜的老白，怎么忍得住不狂放一下诗情？

"岂料鬓成雪，方看掌弄珠。已衰宁望有，虽晚亦胜无。"

面对老朋友元稹，他说：万万没想到，我的头发都这么白了，还能得到这样一颗掌上明珠。

诗的最后，白居易写"弓冶将传汝，琴书勿坠吾"。

这个老父亲，满心欢喜地去规划以后怎么培养儿子，让他成长为文武双全的人才。

但开心的日子太短，悲剧很快不期而至。

3年后，白居易痛不欲生——他的儿子阿崔夭折了！

悲痛地安葬亡儿，白居易一边哭，一边断断续续写了一首《哭崔儿》。

"掌珠一颗儿三岁，鬓雪千茎父六旬。岂料汝先为异物，常忧吾不见成人。"

儿啊，我的掌上明珠啊，才3岁啊……你这个老父亲已经白发苍苍。

儿啊儿，我一直偷偷忧虑着不能陪你长大，谁想到转眼间就是白发人送黑发人……

白居易写得肝肠寸断。

而在不久之前，他的至亲好友元稹去世了。痛失好友，痛失爱子，白居易内心需要多强大才能承受？

从那以后，白居易变得郁郁寡欢。人生的意义，刚刚因为儿子的降生而光芒四射，而今满目阴霾。

他常常在空荡荡的别墅发呆。闭上眼，哪里都有爱子可爱的身影，耳旁老是回荡他童稚的笑声。有时候，他又似乎看到元稹坐在他面前，给他倒茶，给他敬酒，跟他说笑话……

他想跟儿子说话，他想跟元稹酬答，可是睁开眼，只有冷冰冰的旧亭台。

也不知是在头脑混沌还是清醒的情况下，他写下了《初丧崔儿报微之晦叔》这首诗。写给元稹，也写给尚在人世的好友"晦叔"——崔群。为什么既写给死人又写给活人？一定是诗人内心过于悲痛的缘故。

看看诗有多悲伤。

"书报微之晦叔知，欲题崔字泪先垂。世间此恨偏敦我，天下何人不哭儿。"

句句咽声，字字含泪。原来，"欲题崔字泪先垂"，一提到崔群的名字就让他心里刺痛，就会泪流不止。

而第二年，"晦叔"也死了。

九年后的一天，白居易再次遥对虚空，给元稹写诗。

白居易

"君埋泉下泥销骨,我寄人间雪满头。"

你啊,在九泉之下已经和泥土融为一体,我还是寄居在人间,白发满头……

在他的心中,对人间美好的眷恋,已经越来越少,甚至渴望早日追随亡友、亡儿后尘而去。

因为,此时的他身体越来越差,半身不遂的恶疾开始来袭。

十月的洛阳,天气已经开始变冷。一大早,白居易就让家人给他的坐骑——高大的骏马洗刷干净,仔细地梳理好鬃毛,喂食最好的马料。

然后骑着马,走上马市。

路上有人跟他打招呼,白居易充耳不闻,身子机械一般,随着马匹的走动摇晃着。

他要把骏马卖掉!

他于心不忍,他迫不得已。

身体越来越差,半身不遂,骏马还能起到什么作用?与其让它在自己死后沦为无用的牲畜,不如现在就给它找个人家,也许能有个好主人。

骏马很快就有了买主。

高大如同骆驼的枣红骏马被牵走的那一刻,回头长嘶一声,让人心碎。

白乐天,早已老泪纵横。

骏马啊骏马,别怪我无情,你我都处在生死关头啊……

"项籍顾骓犹解叹,乐天别骆岂无情。"

接着，白居易又把蓄养的一群歌妓遣散，让她们另找人家。

"汴水流，泗水流，流到瓜洲古渡头。吴山点点愁。

思悠悠，恨悠悠，恨到归时方始休。月明人倚楼。"

这些歌妓，曾经给他的晚年生活带来了无限欢乐。如今，自身难保，就不要锁住她们，让她们早日去寻求幸福的生活吧。

樊素、小蛮是白居易最为欣赏的歌妓，她们的社会地位很低微，但因为白居易的一句诗，而在中国诗歌历史上成了名人，甚至影响了中国千年来对女性的审美。

"樱桃樊素口，杨柳小蛮腰。"

是的，"樱桃小口"，"小蛮腰"，就是白居易给美女定下的"标准"。

其实，白居易早就和佛结下了缘分。在儿子阿崔死以后，他经常出入于洛阳香山寺，渐渐的就有了"香山居士"的名号。

元稹去世的时候，家人请白居易写墓志铭，然后给了他一笔丰厚的润笔费，据说有六七十万钱。

毫不犹豫地，白居易把这笔钱捐给了香山寺。金钱财富对他来说，已经没有什么吸引力，做点善事，岂不更好？更何况那是因老朋友而来的，捐给寺庙，他希望通过这个途径，让朋友在九泉之下，呼应到他的心。

卖掉骏马，散掉歌妓的第二年，白居易开始戒酒，一边忍受病痛的折磨，一边抽空整理自己的作品，一一勘对，整理好了，就藏在香山寺。

接触佛教越久，白居易的感悟就越深。

如果说，一开始对佛教的兴趣只是随大流而已的话，这时候的他，已经成为佛教真正的信徒，很虔诚。

他"大彻大悟"，不再流连人间的享乐，专心为自己的归途做准备。

在香山寺，他写了很多禅诗。像这首《山下留别佛光和尚》：

"劳师送我下山行，此别何人识此情。

我已七旬师九十，当知后会在他生。"

白居易说师傅送我下山，我七十，师傅九十，咱们再见的时候恐怕已经是来世了。

白居易的才华，并不因为他归隐而被人忽视。皇帝唐武宗对他念念不忘，甚至一度想要把他召回来，给他当宰相。只不过李德裕坚决反对，加上白居易也根本不感兴趣，没有回应，也就不了了之。

73岁，白居易拿出最后一笔钱，把家乡龙门的河道疏浚了八节石滩，方便往来船只，相当于今天的修路一样。他是个善良的人，不管自己有什么样的经历，不管内心有苦，还是身体有病，善良总是不变的。

他也跟老朋友们聚会，不过是不再喝酒，讨论的，也以佛理为主。

74岁那年春天，白居易在洛阳履道里宅举办了著名的"七老会"。夏天到了，嵩山僧人如满和居士李元爽也来了，于是"七老会"变成"九老会"。

这时候的白居易，好像知道自己不久于人世，沐浴、斋戒，等待命终时刻的到来。

《斋居春久感事遣怀》这首诗是他在斋戒后写的，诗中蕴含的深意，至今无人参透。不过最后一句，谁都能看明白。

"风光抛得也，七十四年春。"

活了 74 岁了，还有什么放不下呢？

第二年，白居易去世。一代诗魔、诗王如同巨星陨落，震动朝野，连皇帝也唏嘘不已。

刘禹锡

豁达的诗人，他就是打不死的小强

公元 819 年 12 月的一天，一个戴孝的中年人赶着马车，在岭南的崇山峻岭间艰难前行。南方的冬天没有冰天雪地，但是浸骨的湿冷还是让北方人的他不太习惯，就算在南方已经生活了多年。

赶车人叫刘禹锡，在贬谪路上辗转了几个地方，耗费了二十三年时光的唐代诗人。直到始终陪着他的老母亲去世，才得以离开贬谪地清远连州。

人烟稀少的岭南，到处一派寒冬肃杀的凄凉景象。想着母亲一直跟他受苦，没有一句怨言，自己得以离开这里，竟然由她老人家的离世换来。刘禹锡不禁感慨万分，泪眼蒙眬。

他又想到了同在岭南，却相隔几百里的好友柳宗元。身在柳州的河东兄弟不知道怎么样了，他还好吗？他们两个是患难兄弟，一起被贬，当初要不是柳宗元上书"以柳易播"，他是铁定要贬到贵州遵义的，患难显真情。不管怎样，他和柳宗元的情谊，是值得用一辈子去珍惜的。

正想着，突然身后有人大喊："刘大人，刘大人……"

一个仆人跟跄着紧上几步，倒头就跪，哇哇大哭起来。刘禹锡一看，竟然是跟随柳宗元多年的仆人。

刘禹锡

大惊失色之下,刘禹锡才获悉惊天的噩耗——柳宗元病逝!去世前,柳宗元让家人一定要找到刘禹锡,请他帮忙处理后事,同时整理好他的个人作品。

刘禹锡当机立断,先找地方安置好母亲的灵柩,转身和仆人一起急奔柳州。

处理好柳宗元的后事,护送他的夫人、孩子一起返京。刘禹锡内心既难过又悲愤,唉,无休止的贬谪,将柳宗元的健康挥霍殆尽。

"唉,河东兄弟,要是你能看得开一点该有多好!"

是的,一样是坎坷贬谪路,柳宗元魂断他乡,刘禹锡却不一样,一副傲骨让他就像打不死的小强,屡败屡起。

当年两人一起奔赴贬地,共同走了多天,渡过湘江,还是在衡阳分道扬镳。这一别,竟成了永恒。

这两个感动世人的朋友,一个活了46岁,一个活了72岁。相差的26年,或者说就是性格上的差距。

当年,柳宗元被贬永州的同时,刘禹锡也被贬到巴蜀之地的远州。

在远州,刘禹锡待了整整10年的时间。和柳宗元在永州的度日如年不一样,刘禹锡颇有既来之则安之的感觉,正好利用难得的闲暇时光,接触当地丰富的民间歌谣,从中汲取营养,写了大量的寓言诗。这些诗歌形式活泼,通过不同的角度,巧妙地表达了对当朝权贵的极大不满;同时又写了许多赋来表达自己不甘沉沦的雄心。

柳宗元则长期情绪低落,这让他写出了"千山鸟飞绝"的《江雪》,而生性豁达的刘禹锡却在歌谣中享受"新诗"的乐趣。那十年,柳宗元度日如年,刘禹锡却如采风疗养一般的轻松。

把磨难当成享乐，还有什么可以叫作苦吗？

如果这一段贬谪对刘禹锡来说不值一提的话，那接下来的变故足以让他悲愤沉沦。

公元815年2月，刘禹锡和柳宗元一起被召回京。苦难结束，人生的寒冬完结。

正是阳春，桃花竞相开放，玄都观的桃花开得最盛，游人如织。

结束了贬谪之苦的刘禹锡来到玄都观。本来是随着熙熙攘攘的游人来赏花的，该高兴才对，然而目及之处，他内心却越来越不平静。当年离开长安的时候，这里并没有桃树，而今不仅花红如海，而且赏花的大官小官一个个随着大流，前呼后拥的，说着一样的话，这不正像一群攀附权贵的小人吗？

一挥而就，刘禹锡写了一首《元和十年自朗州召至京戏赠看花诸君子》。

> 紫陌红尘拂面来，无人道是看花回。
> 玄都观里桃千树，尽是刘郎去后栽。
> ——刘禹锡《元和十年自朗州召至京戏赠看花诸君子》

在刘禹锡的眼里，千树桃花暗指投机钻营的新贵，看花人是讽刺那些趋炎附势、攀高结贵之徒，就是这首诗，成为他著名的"桃花劫"，再一次被贬！

这一次，贬谪地就是清远连州。而且待的时间更长，待了14年。

所有的磨难，他统统付诸一笑。

| 刘禹锡 |

在刘禹锡的眼里，任何磨难都没什么了不起的。用平淡的心态去看待世事万变，没什么不能过去的。这样的淡泊心态，真的令人佩服。

看看他的这一首，你能看到多少豁达？

莫道谗言如浪深，莫言迁客似沙沉。
千淘万漉虽辛苦，吹尽狂沙始到金。

——刘禹锡《杂曲歌辞·浪淘沙》

公元826年，白居易与已经回到长安的刘禹锡相聚，在扬州的一家酒店设宴，为好朋友洗尘。喝着酒，谈着笑，刘禹锡就像一直身在长安当官一样，根本看不出经历了多年的苦难。倒是白居易多愁善感，有感而发给刘禹锡写了一首诗，其中有不少的句子显得很感伤。

为我引杯添酒饮，与君把箸击盘歌。
诗称国手徒为尔，命压人头不奈何。
举眼风光长寂寞，满朝官职独蹉跎。
亦知合被才名折，二十三年折太多。

——白居易《醉赠刘二十八使君》

"哈哈，过了过了，乐天兄，哪有那么严重？我这不是好好的吗？"刘禹锡大笑，"来来，我也赠你一首。"

一挥而就，刘禹锡当即回赠一首，这就是著名的《酬乐天扬州初逢席上见赠》：

> 巴山楚水凄凉地，二十三年弃置身。
> 怀旧空吟闻笛赋，到乡翻似烂柯人。
> 沉舟侧畔千帆过，病树前头万木春。
> 今日听君歌一曲，暂凭杯酒长精神。
> ——刘禹锡《酬乐天扬州初逢席上见赠》

白居易举杯，连着痛饮三杯。对刘禹锡，他佩服得五体投地，他的诗情，他的强大内心。太多人在贬谪路上迷失自我，甚至丢了性命，刘禹锡却"沉舟侧畔千帆过，病树前头万木春"！除了刘禹锡，还有谁可以做到呢？

想想柳宗元当初在永州怀着郁闷的心情写下《江雪》，刘禹锡看得一身冰冷，真担心这个多愁善感的朋友就这么倒下啊。于是，给他寄了一首安慰诗——

> 自古逢秋悲寂寥，我言秋日胜春朝。
> 晴空一鹤排云上，便引诗情到碧霄。
> ——刘禹锡《秋词》

秋天怎么了？秋天比春天还漂亮呢，一点都没必要顾影自怜。管他那么多，酒照喝，诗照写，谁爽谁知道！

同是天涯沦落人，刘禹锡真不是一般人能比。

那一年，刘禹锡被贬到安徽和州县，被安排当一名小小的通判。

|刘禹锡|

本来嘛，就算通判，按规定也是可以在县衙里安排住宿，最低的标准是住三间三厢的房子。可和州知县欺负人啊，他明知道刘禹锡是被贬的，落井下石，故意刁难，不给他安排在县衙里居住，而是让他到城南去，住在一个空房子里。刘禹锡并不计较，当他看到所住的地方居然是"江景房"时，开心得不得了，兴高采烈地在门上写了两句——"面对大江观白帆，身在和州思争辩"。

哈哈，知县大人，你自己生气去吧。

和州知县果然很生气，他就是不让人高兴啊，真的十足坏人。他又动了坏主意，把刘禹锡搬离"江景房"，从南迁到北，原来的三间房没了，变成一间半。刘禹锡面对变故毫不理会，一点也不计较，反而大赞："这里的绿化太棒了！"继而哈哈大笑，又在门上写了两句话："垂柳青青江水边，人在历阳心在京。"只要心态好，哪里都是风景。不过，他是一边放松，一边抗争，谁也不怕。

那位知县快给气坏了，再次派人把他调到县城中部，这一次啊，是一间只能放一床、一桌、一椅的小屋，跟牢房差不多，看你再能！就这样，短短的半年时间，坏心肠知县愣是让刘禹锡搬了三次家，面积一次比一次小。

感谢那个知县，要不是他，怎么会让刘禹锡提笔写下流芳千古的《陋室铭》呢？这次好了，刘禹锡不仅仅写下来，还请人刻上石碑，立在门前。哈哈，坚强的人，你永远打不垮。

山不在高，有仙则名。水不在深，有龙则灵。斯是陋室，惟吾德馨。苔痕上阶绿，草色入帘青。谈笑有鸿儒，往来无白丁。

可以调素琴，阅金经。无丝竹之乱耳，无案牍之劳形。南阳诸葛庐，西蜀子云亭。孔子云：何陋之有？

——刘禹锡《陋室铭》

  在唐朝，成千上万个诗人啊，受到各种磨难的应该不少。很多人在磨难中没了方向，或者是人死了，或者是诗死了。能像刘禹锡这样既能直面磨难，又不把磨难当一回事的人恐怕难找第二个。

  坚强地活着，连同他的诗歌。刘禹锡就是一种精神的象征，什么精神呢？坚强、不畏权贵吗？似乎有点太喊口号——那么，暂且和小朋友们同步，就叫作"小强精神"吧！

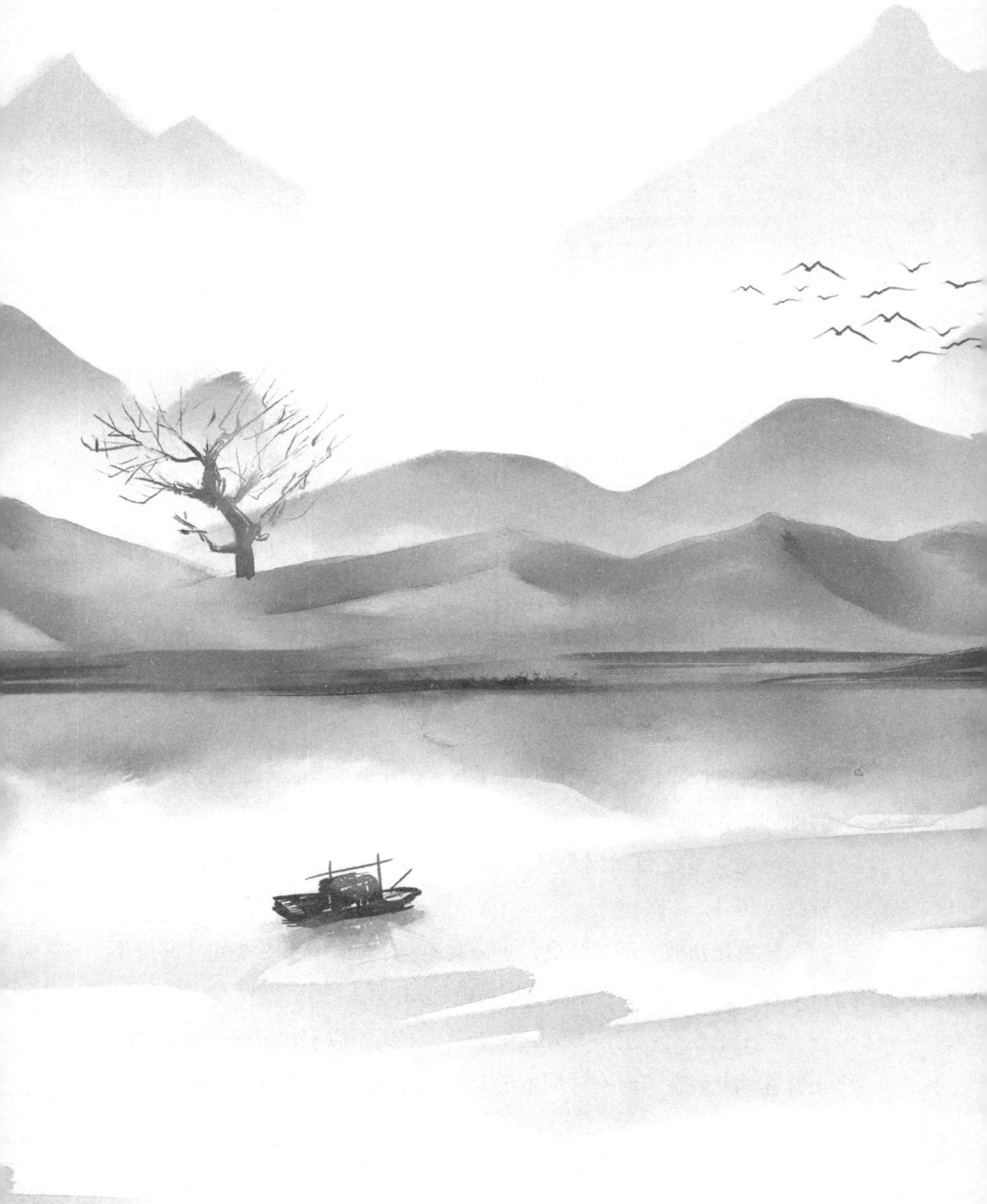

公元 804 年，唐顺宗李诵即位。

这个李诵也太不幸，太子当了 26 年，皇帝却只当了 8 个月。为什么？他身体不好，据说是中风，说话都不清楚，怎么当皇帝？没办法，禅让呗，坐了 8 个月的龙椅之后，李诵就禅让给太子李纯。

别小看了这 8 个月，那可是柳宗元一辈子的高光时期。当时，31 岁的他和王叔文、刘禹锡一起，那是一个意气风发啊。他们实施了一系列的改革措施，免去民间对官府的欠账；停止地方官的进奉，减低盐价；惩治贪官。这些改革措施如同春风吹过，一时间引起百姓的欢呼。可是改革触动了上层的利益，受到冲击的官员对这个"王叔文集团"恨之入骨。

李纯继位后，反对派们找到了报复"王叔文集团"的机会，很快对他们彻底清算。

王叔文被贬到渝州司马，第二年赐死；王伾被贬为开州（四川开县）司马，不久病死。

柳宗元初被贬邵州刺史，十一月加贬永州司马，并规定"终身不得量移"，不能升官。刘禹锡则被贬远州司马。

相比王叔文、王伾等人，柳宗元、刘禹锡似乎状况好一些，实际上并非如此。在当时有"刑不上大夫"的说法，对身居高位的官员一

柳宗元

般不会直接用刑，而是先贬到一个比较低的级别，之后再下手。

高光之后，柳宗元和刘禹锡同时被贬，成为患难兄弟。

带着老母亲，柳宗元一行历尽艰辛，终于来到永州，开始了他艰苦的贬谪岁月。

刚安顿下来，柳宗元就感觉身体各种不舒服，两条腿渐渐不听使唤，走路不得劲，严重的时候两条腿全部麻木，行走十分困难。而他的老母亲更甚，本来年老体弱的，千山万水的跋涉就已经不堪承受，又加上对南方气候的极度不适应，老人一病不起，半年后离开人世。

失去母亲，加上对自身处境的满腔悲愤，柳宗元的身体一天不如一天。屋漏偏逢连夜雨，所住的居所莫名其妙又遭受了两三次火灾，人没事，很多宝贵的书稿都化为灰烬了。

异地他乡，柳宗元感觉到前所未有的绝望。他慌不择路，给朝廷很多认识的官员写信，请求他们帮自己向皇上求情，希望尽快回到长安。可是没有任何音讯，他的希望落空了。

时间是最好的疗伤药。慢慢地，柳宗元烦躁的内心渐渐平静下来，身体也恢复了健康，一切趋于风平浪静。

谁也没有想到，原以为就要死于永州的柳宗元，一住就是11年。

支撑了柳宗元那么久的，是那里的山水。

永州有一条小溪叫染溪。诗人眼里的山水不同寻常，他觉得这条溪水很漂亮，就把其中的一段买下来，然后改名叫作"愚溪"。接着，柳宗元对这段溪水大加改造，在溪边修建房子，挖池塘。最后，干脆把周围的泉、沟、池、亭等都一一命名，诸如"愚丘""愚泉""愚亭"什么的，一共八个。

柳宗元闲暇的时候就在染溪待着，喝茶会客，吟诗作对，很自在。

这个骨子里很风雅的诗人，还为此专门写了《八愚诗》，可惜失传了。

在这期间，柳宗元创作了非常多的诗文作品。著名的诗歌《江雪》、散文《小石潭记》都是这个时期写的。

透过《江雪》，你能感受到那种彻骨的寒冷，那种寒冷，不仅仅是自然界的温度，还是来自他内心深处的无可奈何。

千山鸟飞绝，万径人踪灭。
孤舟蓑笠翁，独钓寒江雪。

——柳宗元《江雪》

就在柳宗元已经适应永州生活，以为将在那里度过余生的时候，突然好消息传来——被召回京！

"我要回长安"是柳宗元多少次午夜梦回的呼喊啊。尽管日子过得还算无忧，但当诏令到来的时候，柳宗元回长安的渴望瞬间又被唤醒。

回京的号角吹响，柳宗元的激情又被点燃。尽管过去了十一年，但是回想当初"王叔文集团"的改革举动，他仍然觉得壮志满怀。此次回京，想必皇上想起了他们的能力吧。他是有理由相信这样的猜想的，毕竟此次召回的，还有当初一起被贬的刘禹锡。

柳宗元无心等待，他随便将诸多家当都分发给了朋友们，最后看了一眼染溪，就骑着马，日夜兼程赶路，只想着快点回到长安。

半个月之后，熟悉的长安就在眼前。

踏上灞桥，柳宗元停住马，眼前，巍峨的皇宫隐约可见。柳宗元感慨万千，热泪迸流——啊，十一年，都十一年了，我才能回来！

十一年前南渡客，四千里外北归人。

柳宗元

> 诏书许逐阳和至，驿路开花处处新。
>
> ——柳宗元《诏追赴都二月至灞亭上》

在长安，他每天做的，就是到处走走，看看老朋友，然后便是耐心等待。他不知道，皇上即将让他做的是什么官。

可是一个月后，柳宗元等来的，是晴天霹雳——改贬柳州。

无语问苍天！柳宗元才知道，当权者永远都不会放过他，没有让他马上去死就已经算是恩赐了。

瞬间的晕眩之后，柳宗元默默收拾简单的行装，和刘禹锡出发前往新的贬地。刘禹锡这次改贬的是广东清远。

走到衡阳，这两个患难与共的好兄弟要分道扬镳了。柳宗元写下了《衡阳与梦得分路赠别》，其中的辛酸，只有他们两个才能真切体会到。

> 十年憔悴到秦京，谁料翻为岭外行。
> 伏波故道风烟在，翁仲遗墟草树平。
> 直以慵疏招物议，休将文字占时名。
> 今朝不用临河别，垂泪千行便濯缨。
>
> ——柳宗元《衡阳与梦得分路赠别》

泪眼蒙眬中，老友刘禹锡也给柳宗元写了赠诗《再授连州至衡阳酬柳柳州赠别》：

> 去国十年同赴召，渡湘千里又分歧。
> 重临事异黄丞相，三黜名惭柳士师。
> 归目并随回雁尽，愁肠正遇断猿时。

桂江东过连山下，相望长吟有所思。
　　——刘禹锡《再授连州至衡阳酬柳柳州赠别》

　　刘禹锡说，柳州和连州有桂江相连，每当桂江向东流经连山之下时，我将和你相互凝望，低头吟诵《有所思》。

　　惺惺相惜，除此之外能做什么呢？

　　不惑之年的柳宗元经历过永州十年的磨炼，在柳州，他的内心显然要比以前强大多了。

　　他沉下心来，和柳州当地百姓一起努力，实施了很多行之有效的变革。在当时来说，柳州地处蛮荒之所，还很蒙昧落后，柳宗元的到来，带来了很多先进的东西，比如办学堂，比如推广医药等等。他和当地百姓结下了深厚的友谊，得到人民的爱戴。

　　尽管这样，柳宗元对家乡的思念与日俱增。春天到了，看到池水充盈，就不由地想到家乡的菜园是不是等着自己回去灌溉了？秋天到了，秋草枯黄又让他伤感，觉得家乡的山水在默默盼着他回家呢。

　　而长期的贬谪生活，让诗人的精神面临崩溃边缘。"孤臣泪已尽，虚作断肠声"就是他内心的写照。

　　他并不知道，远在千里之外的长安，柳宗元的朋友吴武陵一直都在奔走，设法通过宰相裴度，让柳宗元早日回京。

　　机会终于来了——公元819年，唐宪宗御笔一挥，终于答应柳宗元回京。

　　吴武陵兴奋异常，赶紧找人给柳宗元准备了居所，只等老朋友回到长安就能安然起居。然而又一次天意弄人。诏书还在路上昼夜兼程，还没到达柳州呢，柳宗元就带着半生贬谪的痛苦离开了人世。

　　那一年，柳宗元年仅47岁。

刘 叉

霸气的人，连名字都很牛

李白连科举考试的资格都没有，求爷爷求奶奶的，好不容易入朝为官，屁股还没坐热就被赶出了皇宫；杜甫得到爷爷杜审言的良好基因，却无法得到爷爷为官的运气和霸气，同样也没能在考试场获得功名，一辈子为温饱问题到处流浪，终其一生也没有实现脱贫；王维运气好多了，得到众多王公贵族的帮助，以状元身份入朝为官，可才当了几天的官就被远贬山东济州，要不是有贵人伸出援手，估计他还得继续在钟南山"隐居"多年呢。老年的时候，又因为安史之乱的缘故差点被投进死牢……

　　李白杜甫王维们再牛，在灾难面前很多时候也是忍气吞声，噤若寒蝉，甚至自身难保。

　　而今天出场的这个诗人，和白居易同时代——写诗牛，生活牛，敢作敢为那种。他同样也有各种各样的生活遭遇，毕竟是大环境造就的。但是他面对一切，从来就是无所畏惧，就是那种佛来杀佛的气概。

　　想拦我？呵，你还嫩着点！就这味道。

　　就连名字都牛气侧漏——刘叉！

刘 叉

不过就这个名字，历史上也还是有不同的版本。反正史料上误笔很多：《新唐书》写为"刘义"；《全唐诗续补遗》写为"刘乂"；《苕溪渔隐丛话》写为"刘义"；四部丛刊本《李义山文集》写为"刘叉"等等，"义／叉／乂"字形近似，可能是弄错的原因，正确的，没人说得清。不过大家都认为"刘叉"最合适，我也是——也许觉得"刘叉"更好玩，更符合他的性格吧。

连名字都那么多事，那也算是他的奇葩之处了。

他的出生地，出生日期都没记载。想想也是，史书记的都是王公贵族、高官名人，刘叉一个"鼠辈"，谁也没想过给他留个一亩三分地。

少年时代的刘叉让我想到了初唐的陈子昂，何其相似！都是少年逞英豪啊。也都是杀了人，犯下命案，然后迷途知返，从此痛改前非，爱上学习。

刘叉怎么杀人的？

比刘叉晚了二十多年的李商隐是这样记录刘叉的：刘叉，元和时人。少任侠，因酒杀人，亡命，会赦出，更折节读书，能为歌诗。

"因酒杀人"，什么情况？喝了酒，发酒疯吗？这个细节，查了很多资料都是含糊其词，不过基本可以确定的是，说是路见不平一声吼，就就……把人杀死了。说刘叉是见义勇为，是因为李商隐用"少任侠"来概括他。一个有侠义的少年当然不是坏人，既然杀了人，大概率是路见不平了。

杀人的细节只有脑补了。反正刘叉杀了人，跑路，成了亡命之徒，

想必衙府也是到处张贴"通缉令"的。

幸运得很，还没多久呢，碰巧皇帝大赦，再大的罪也是"自动解锁"。刘叉就是牛叉，至少几十年一遇的"大赦"也能让他撞上。否则，唐诗这个舞台根本就没有他什么事。

既然平安无事，刘叉也和陈子昂一样学会痛定思痛，静下一颗心，潜心读书。陈子昂17岁才开始读书，刘叉当时应该也没多少岁吧。同样，这两个经历相似的少年日后都能写得一手好诗。刘叉可真是陈子昂附体啊。

一天早上，大文豪韩愈还在睡觉呢，突然一个小徒弟用力敲他的门，发生什么事了？

开门，小徒弟上气不接下气，递来一张纸，上写"刘叉去也"。这浑小子，果然待不下去。一年前，刘叉找上门来，求韩愈收为门徒。若不是他带来的两首诗《冰柱》《雪车》与众不同，让人过目不忘，想必韩愈也看不上眼，更别说留下来做门徒了。一开始，刘叉对韩府上下都还谦恭，日子一长便有些坐不住，开始"坐立不安"了。一个人自由散漫惯了，怎么会心安理得地寄人篱下？

"该走的总是走的。"韩愈叹口气，正想倒头又睡，忽然想起了什么，疾步走到书房，打开柜子一看，大惊，两三斤黄金，干干净净的没了踪影。

韩愈平时跟徒弟们说得最多的是"德"字，大家都以德修身养性，所以钱物之类的，根本不需要特别保管。这刘叉，竟然卷走了那么钱。为什么那么肯定是刘叉拿的？直觉！

几个徒弟赶紧追。

刘 叉

中午，追的人回来了，一个个不敢说话。韩愈追问，其中一个才说："是追到刘叉了，他也承认拿了大人的黄金，但是不愿意归还。"

"为什么？"

"……他说……他说大人的钱都是吹捧死人得来的，又不是什么光彩的事，不如送给他吧……"

韩愈一愣，哑口无言。那钱，确实是他给别人写墓志铭得来的。作为文坛领袖，求他写墓志铭的人很多，但那也是劳动呀，哪有不收钱的。

可是刘叉这么一说，韩愈内心就有点不一样了。也是，他盗钱不对，但如果一追查，这小子高调抖出钱财的来历，也不好……

这公开的偷盗还有理由，而且还能让被偷的哑口无言。

这实在是"太刘叉"了！

刘叉有一首诗，充满了侠士之气。

> 日出扶桑一丈高，人间万事细如毛。
> 野夫怒见不平处，磨损胸中万古刀。
>
> ——刘叉《偶书》

意思大概是每天太阳从东方升起，人世间纷繁芜杂的事情便一一发生，多如牛毛啊。很多不合理的事情也发生了，"野夫"看到了便怒火中烧。但是"野夫"又不敢拔刀相助，心中的正义之刀只能按着，任由它自己磨损下去。

"野夫",指的是刘叉自己。

"偶书"的意思,是作者一时的灵感所致,应该说并不是某一件特定的事情引起。但正是这样,说明如此的想法早就在诗人心中,经常有之,才能形成灵感写成诗。

要是少年时期,这样的事情哪里会发生?否则就不会有"因酒杀人"了。正是当初的举动差点让自己赔命,这教训太大了。有了教训,刘叉学会了保护自己,再也不会动不动就"拔刀相助"。

不拔刀相助,却不会只袖手旁观。从这首诗可以看出来,刘叉还是那个正义感十足的诗人,"不平"总会让他"怒",他会有解决的办法,就是不会那么冲动的,拔刀把人剁了。

人都会成长。少年时的冲动,经历的事一多,理性多过感性,考虑的事也就多一些。这就是我们今天爱说的"棱角"。杀人事故这些现实教训,把刘叉性格里的棱角无情打磨。幸运的是,冲动不再,初心不改。

这首诗,将刘叉"见义勇为"的思想表现得淋漓尽致。我们可以想象,生活中,刘叉拔刀相助的时候应该是不少的,但是见义勇为的结果,即使有时候换来的是委屈,他依然如故,遇到不平处仍旧一心帮助。如果当时的社会在制度上更完善一些,恐怕刘叉就不至于看着眼前不平事,而在心里咬牙切齿而已了。

几百年唐朝,诗歌的大河浪花翻滚。他可以没有李白飘逸任性,可以没有王维的宁静空灵,可以没有杜甫的悲伤成河,可以没有刘禹锡的洒脱自嗨,也可以没有白居易的纯天然无添加,但是他的"牛"

刘 叉

谁又能取代?

刘叉留下来的诗作不多,但是每一首都很有意思,除了上面提到的,其他都挺不错。如果从诗歌的成就来说,当然不能跟李杜相比,但如果说李诗杜诗是唐诗餐桌上的"硬菜",那么刘叉的诗作就是可口的开胃小菜,有时候还会让你念念不忘呢。一起来看看其他的作品。

一条古时水,向我手心流。

临行泻赠君,勿薄细碎仇。

——刘叉《姚秀才爱予小剑因赠》

姚秀才看上我的剑,爱就拿去吧……有剑在身,但切切不可为了个人恩怨大动干戈,还是多考虑点建功立业之事吧。

送把小剑都充满侠气,刘叉果然牛!

不过,认真看一下,给朋友送剑,刘叉还是没忘了叮嘱"勿薄细碎仇",一副语重心长的大哥气质啊。

损神终日谈虚空,不必归命于胎中。
我神不西亦不东,烟收云散何濛濛。
尝令体如微微风,绵绵不断道自冲。
世人逢一不逢一,一回存想一回出。
只知一切望一切,不觉一日损一日。
劝君修真复识真,世上道人多忤人,
　　　　披图醮录益乱神。
此法那能坚此身,心田自有灵地珍。
惜哉自有不自亲,明真汩没随埃尘。

——刘叉《修养》

谈修养的刘叉,可见早就从少年时的冲动莽撞脱胎而出,成为理性思考问题的成熟男人。

"世人逢一不逢一,一回存想一回出。只知一切望一切,不觉一日损一日。"我觉得刘叉写这两联一定是突发灵感吧,表达的意思都是现实生活的真实体会,大彻大悟的处世真言。告诉我们相识不容易,要懂得珍惜,不要贪得无厌,要知道日子过着过着就老了,生不带来死不带走的,何必……

师干久不息,农为兵分民重嗟。骚然县宇,土崩水溃。畹中无熟谷,垄上无桑麻。王春判序,百卉茁甲含葩。有客避兵奔游僻,跋履险厄至三巴。貂裘蒙茸已敝缕,

刘 叉

鬓发蓬舥，雀惊鼠伏，宁遑安处。独卧旅舍无好梦，
更堪走风沙。天人一夜剪瑛琭，诘旦都成六出花。
南亩未盈尺，纤片乱舞空纷挐。旋落旋逐朝暾化，
檐间冰柱若削出交加。或低或昂，小大莹洁，随势无等差。
始疑玉龙下界来人世，齐向茅檐布爪牙。又疑汉高帝，
西方未斩蛇。人不识，谁为当风杖莫邪。铿鎗冰有韵，
的皪玉无瑕。不为四时雨，徒于道路成泥柤。不为九江浪，
徒为汩没天之涯。不为双井水，满瓯泛泛烹春茶。
不为中山浆，清新馥鼻盈百车。不为池与沼，
养鱼种芰成霪霪。不为醴泉与甘露，使名异瑞世俗夸。
特禀朝澈气，洁然自许靡间其迩遐。森然气结一千里，
滴沥声沈十万家。明也虽小，暗之大不可遮。
勿被曲瓦，直下不能抑群邪。奈何时逼，不得时在我目中，
倏然漂去无馀些。自是成毁任天理，天于此物岂宜有忒赊。
反令井蛙壁虫变容易，背人缩首竟呀呀。
我愿天子回造化，藏之韫椟玩之生光华。

——刘叉《冰柱》

这是刘叉最有名的作品之一。险怪幽僻的风格，很对文坛领袖韩愈的胃口，所以一见钟情，韩老师得以将他收为门客。

以冰柱入诗，非常新奇的题材。更神奇的是，刘叉用拟人的手法来写冰柱，看着写冰柱，却是句句表露自己怀才不遇的苦闷。用玉龙的爪牙，刘邦的斩蛇宝剑来比喻冰柱，贴切的比

喻让人吃惊。

这首诗很显然就不是什么"开胃小菜"了，妥妥的硬菜啊。到了宋代，苏轼有一首诗《雪后书台北壁二首》，用"尖"和"叉"的韵，结尾那一联这样写——"老病自嗟诗力退，空吟冰柱忆刘叉。"

嘿嘿，怎么样，看得出苏大师对刘叉《冰柱》的赞赏没有？你说啊，能入大师作品的诗，简单吗？

韩 愈

老天再狠,我仍爱这个世界

据说，韩愈出生时哭的时间特别长。这似乎预示着这个日后成为唐宋八大家之首的大文豪，一辈子要经过很多苦难。

事实上确实如此。出生不久丧母，3岁丧父，9岁丧兄，由嫂子抚养成人。

四次科考，四次吏部考试，好不容易出仕，又两次被贬，险些要命。

但是韩愈不愧是唐宋文坛的领军人物，"主角光环"让他历经劫难而不死。这个传奇的苦命男儿，在生与死之间一边挥泪，一边挥毫，一边爱着这个世界。

牙牙学语开始，韩愈的世界里就没有母亲的身影。史籍上很少提到他的母亲，只说出生不久就已经去世。

没有妈妈便罢了，3岁那年的一天，韩愈惊讶地发现家里乱成一团。那天以后，爸爸也失去了身影——他也去世了。

幸运的是韩愈有一个疼他的哥哥，这个叫韩会的兄长要大过他很多，当时都已经结婚了。

在兄嫂的照顾下，韩愈一天天长大。读书习字做人，都在哥哥的严格要求下进行，所有这些都为长大后的文学素养形成，正能量的人格养成打下了坚实的基础。

韩会当时在朝当官。古代的官员朝不保夕，就算自己做得好好的，也不知道明天发生什么。果然，因为元载案件的牵扯，韩会突然被贬广东韶州。一家人于是跟着来到广东，那时候韩愈9岁。

可是，不幸还在继续。

某天下午，韩愈和侄儿十二郎（韩会的儿子）从学堂一路玩耍着回家，离家还远着呢，就感觉到气氛不对，家门口聚了很多人，神色凝重，有人掩面而泣。

晴天霹雳——哥哥病逝！

一家人笼罩在巨大的悲伤中。

屋漏偏逢雨，这时候李希烈叛乱，时局动荡不堪。大嫂当机立断，带着一家人离开韶州，前往安徽宣州避难。

谁说古代女人只是配角？在生活的苦难面前，女人的力量同样非常巨大。如果没有大嫂，韩愈的美好生活或许还不到10岁就戛然而止了，哪里还会有日后的那个一代文宗！

如果每一个名人在成名之前，都必先经历一番苦难的话，那么韩愈经历的苦难已经足够多了。

而后的七次考试同样是苦难。前四次是科举考试，第四次终于中第。为了能在任官上有更好的机会，韩愈参加了吏部的博学宏词科考试，结果三次全都失败，第四次才终于考上。

公元802年，韩愈被任命为国子监四门博士。如此经历，实在是苦尽甘来。

韩愈的一生，经历了两次贬谪。

第一次是公元803年，才工作呢，就因为对某些官员瞒报关中大旱灾情的情况不满，把实际情况上奏皇上。初出茅庐的韩愈怎么会是老油条们的对手呢，很快就反被谗害，贬到连州。

公元805年，韩愈被赦免。皇帝终于看到他的才华，把他召回长安，官授权知国子博士。从此，他的官职扶摇直上。

这样的好日子一晃就过了十多年。如果没有那一场愤怒的谏文，韩愈的生活还是非常稳定的。

公元819年正月，唐宪宗派使者前往凤翔迎佛骨，长安一时间掀起信佛狂潮。这怎么得了？一国之君还搞这么隆重的迷信活动，对老百姓的影响会多大！今后如何治国？韩愈不顾个人安危，几天的奋笔疾书后，丢给唐宪宗一篇洋洋千余字谏文——《论佛骨表》。

"汉明帝时，始有佛法，明帝在位，才十八年耳。其后乱亡相继，运祚不长。宋、齐、梁、陈、元魏已下，事佛渐谨，年代尤促……"

"乞以此骨付之有司，投诸水火，永绝根本，断天下之疑，绝后代之惑……"

韩愈说，佛教盛行以来，各个朝代和皇帝都不长命，甚至夭折……要我说啊，就应该把这些佛骨丢进火里水里，烧个干净，免得祸害百姓，迷惑后代！

唐宪宗本来诚心诚意地迎接佛骨，还要到各处庙宇巡回展出，认为是普天下大善大德之事，谁料想这韩愈胆大包天，竟然如此赤裸裸对他说三道四。

皇帝勃然大怒，后果还用说吗？

| 韩 愈 |

——给我滚!

而且是——马上滚!

贬令火速送到——马已备好,即刻离开都城,前往贬地潮州。

来不及召集家人,韩愈被送出了长安城。

寒风呼啸,大雪纷飞,韩愈像一片枯黄的树叶在风中飘零,半点由不得自己。

大雪不知什么时候停了,天却还阴着。巍峨的终南山,褐白色的云雾穿流而过,在山腰不断变换形状。

胯下的瘦马引颈长嘶,积雪太深,马匹不愿扬蹄。

韩愈不禁悲从中来。昏君啊昏君,总有一天你会后悔的。他心里千百次地呐喊,显而易见的道理不仅没有让皇帝清醒,还搭上了自己的前程,代价惨重。

正恍惚着,身后传来喊叫声,是侄孙韩湘。韩愈的泪水顷刻如雨,关键时候,亲人总能让坚强如铁的汉子卸下外壳,露出人性的脆弱。

原来妻儿还来不及赶上,担心韩愈一个人行走,韩湘就在他父亲叮嘱下赶来了。韩湘的父亲十二郎和韩愈虽然隔着一个辈分,但年龄相当,情同手足。他一朝落难,十二郎自然担心。

那就慢慢走着,一边等妻儿吧。

韩湘默默地跟着韩愈的马匹,他不懂说什么,其实又能说什么呢?一个孩子,对大人世界的凶险还没有太大的体会。

雪又下了,纷纷扬扬,马蹄留下的脚印立刻就被覆盖上,四野茫茫,蜷缩在马上的韩愈更显孤单凄凉。

刚好走到一处驿站，索性避一下吧。

人一停下，内心却又开始翻江倒海。写给侄孙韩湘的著名诗歌就在这时候喷薄而出。

一封朝奏九重天，夕贬潮州路八千。

欲为圣朝除弊事，肯将衰朽惜残年！

云横秦岭家何在？雪拥蓝关马不前。

知汝远来应有意，好收吾骨瘴江边。

——韩愈《左迁至蓝关示侄孙湘》

韩愈告诉侄孙，湘儿啊，你既然来了，就做好准备，帮我收尸骨吧。

这次皇帝的震怒无法形容，他一开始是要立刻给韩愈处以极刑的，众臣求情之下才变成贬谪。这次不死，那也是贬谪路上死去。对生，韩愈没有抱太大的奢望。

而事实上，接下来在前往潮州的路上，韩愈的小女儿就病死了。贬途丧女，你能体会到一个父亲的悲痛和自责吗？

伟人和普通人的区别，就是不论在什么情况下，他都在做着伟人该做的事。韩愈正是这样，纵然远贬潮州，他并没有消沉，没有怨天尤人，更没有破罐破摔。而是用充满爱的眼光，来接受这块陌生的土地。

短短8个月的时间，韩愈的脚步已经踏遍潮州的山山水水。这里的百姓到处都在兴奋地谈论韩愈，这个51岁的朝廷大官，给落后的潮州带来了前所未有的变化。

有个故事很有意思。潮州有一条江叫鳄溪，江里鳄鱼为患，百姓苦不堪言。韩愈来到后，打算驱赶鳄鱼，还百姓安定的生活环境。

古代科学不发达，全国从上到下都比较迷信，韩愈也如此。有意思的是，这个写文章水平超一流的刺史居然写了一篇《祭鳄鱼文》，又率领民众举行声势浩大的祭鳄行动。劝诫鳄鱼七天内"南徙于海"，如果鳄鱼仍然"冥顽不灵"，定要赶尽杀绝。

结果如何？据说鳄鱼们果然听话，全部撤出了鳄江。实际上哪里会这样？不过是善良的百姓杜撰出来罢了。最后还是得靠捕杀、驱赶，当然，这些行动还得靠韩愈来组织。

韩愈在潮州大力兴办学校，这里的读书风气逐渐形成，考中进士的越来越多。到了后来，潮州进士数量甚至超过了广州府。

释放奴婢、扶助农桑、兴修水利、延师兴学、选拔人才、关注民生……韩愈全心全意为潮州老百姓做事，埋头苦干。

贫穷落后的潮州，很快面貌一新。

当年10月，韩愈遇到大赦，被量移到别的地方当官，于是匆匆离开潮州。

走的那天，潮州万人空巷。常年生活在苦难中的潮州百姓，流着眼泪跟韩愈依依惜别。朴素的他们不知道什么是政治，只知道谁给他们带来了幸福。

后来，潮州百姓把很多当地的地名都改成"姓韩"——鳄溪叫韩江，韩江畔有韩山、韩堤，东山为韩山。

今天，在潮州的旅游胜地——潮州牌坊街，入口处的第一座牌坊

纪念的便是韩愈。而当地为纪念韩愈而修建的"昌黎路""昌黎路小学""景韩亭"都深深打上了韩愈的烙印。

　　苦难走过来的韩愈，用他的才学和善良，塑造了一个伟大文人的典范。如果他看到千年后人们对他的思念和赞颂，想必也会觉得欣慰吧。

贾 岛

写诗很苦,他愿意做个诗奴

公元814年,孟郊身染重病去世。

"苦吟诗人"的代表人物离世,气息本就已经很虚弱的大唐诗坛是不是从此归于平静?NO!文坛领袖韩愈微微一笑,送上一句"天恐文章浑断绝,更生贾岛著人间。"

走了孟郊,还有贾岛——从某种程度来看,贾岛比孟郊还要"苦"。为了诗,他甘愿做诗歌的奴隶。功名利禄,算什么东西?

而今看来,贾岛的每一首诗,似乎都饱含故事。

《剑客》——写出侠客味,竟是牢骚诗

十年磨一剑,霜刃未曾试。

今日把示君,谁有不平事。

——贾岛《剑客》

看这首诗,你是不是恍然大悟——原来"十年磨一剑"竟然出自贾岛之手!

一个生活困苦,屡考不中,似乎天下人都负他的诗人,突然间来

贾 岛

一首气势磅礴，侠气满溢的作品，是不是觉得很意外？

但是也许你错了，题目是《剑客》，写的也是剑客做的事，想表现的却跟"剑客"没关系——他写的，其实是因考场不顺而引发的牢骚。

"十年磨一剑"，他说我一直以来都那么刻苦，"霜刃未曾试"，说我都准备好了，目前的状态是跃跃欲试啊。

"谁有不平事？"写的明明是自己内心诸多不平，贾岛借"剑客"之名发泄内心的郁闷——真想一剑杀了这些害我的人！

早年考不上，加上生活艰难，于是出家为僧。寺庙清苦的生活，将性格本就沉默寡言的贾岛炼得更加孤僻。久而久之，他的心里话不轻易跟别人说，都化成了诗歌。

所以，当他屡考不中，心里由苦闷变成愤怒的时候，诗情也就愈发强烈，还有什么写不出？

> 闲居少邻并，草径入荒园。
> 鸟宿池边树，僧敲月下门。
> 过桥分野色，移石动云根。
> 暂去还来此，幽期不负言。
>
> ——贾岛《题李凝幽居》

这是贾岛最经典的故事，他"诗奴"的特点跃然纸上。

贾岛还当和尚的时候，有一天晚上拜访老朋友李凝。

李凝的住所很偏僻，方圆几里外再无人家的那种。

月光下，沿着长满野草的小路，贾岛来到李家门前。万籁俱寂，

只有夏虫在低鸣。眼前木门紧闭，一片死寂。

伫立片刻，转身离开。这李凝，很可能是远游去了。

月色、草径、独屋、夜访不遇，这样的素材怎能不入诗？贾岛回到家里，捣鼓一夜，写出这首《题李凝幽居》。不过，"鸟宿池边树，僧敲月下门"这一句总是让他不满意，用"敲"好还是"推"好？都是动词，似乎都能用，但哪一个更好呢？整个晚上，贾岛辗转反侧，反反复复对比，念了写，写了又改，然后又是念念写写……

第二天，贾岛上街买酱油。走在熙熙攘攘的长安街头，他仍然在想着他的"推"和"敲"。嘴里念念有词，一会弓起手指，一会掌心朝前，反复做着推和敲的动作。

就这么神经兮兮地一路比画走着，突然耳边炸雷般响起一声大喝，吓了他一大跳。站定一看，原来是自己不看路，竟然闯进了一队人马中。有人把他揪出来，大声呵斥，吓唬他要送班房。贾岛吓坏了，正惶惶然，轿上的大官发话了："咋回事呀？"

贾岛赶紧如实告知，心里忐忑不安，希望大官不要为难他。

谁知道对方听这样一说，大感兴趣，竟然走到贾岛跟前，跟他一起研究起诗歌来。最后给贾岛建议，"用敲字吧！"

这个大官就是韩愈，贾岛于是跟韩愈成了朋友。如果真的有"贵人"之说，韩愈真成了贾岛的贵人，他的诗歌发展，他的人生轨迹，由此发生了转变。

这个故事是真是假？感觉美化的因素更多一些。真正让韩愈欣赏贾岛的，是另外的桥段。

当时朝廷有个规定，就是僧人不能午后出寺。这什么狗屁规定？

贾 岛

贾岛愤愤然，就写了一首牢骚诗：

> 晴风吹柳絮，新火起厨烟。
> 长江风送客，孤馆雨留人。
> 古岸崩将尽，平沙长未休。
> 不如牛与羊，犹得日暮归。

——贾岛《句》

这首诗让韩愈看到了，大加赞赏，于是动了惜才之心，劝他还俗考试。如果没有韩愈，贾岛大概率会在寺庙终老。

如果说贾岛街头冲犯韩愈是被美化的传说，那也印证了贾岛"苦吟"的特点。不过历史上确实记载了贾岛因诗冲进大官车队的故事。只是那个大官不是韩愈，是刘栖楚，最终的结果不是刘栖楚帮他写诗，而是贾岛被关了一宿。

《唐才子传·贾岛传》有一段这样的文字： 尝跨蹇驴张盖，横截天衢。时秋风正厉，黄叶可扫，遂吟曰："落叶满长安。"方思属联，杳不可得，忽以"秋风吹渭水"为对，喜不自胜，因唐突大京兆刘栖楚，被系一夕，旦释之。

故事是这样的。秋意正浓，长安街头到处是金黄的落叶。贾岛骑着老驴在街头走着，诗情乍起，一句"落叶满长安"脱口而出。可是对句该如何才好呢？贾岛就这么陷入了思考中，整个人进入了一种忘我的状态。忽然，贾岛手舞足蹈起来，功夫不负有心人，一番苦思冥想之后，他终于想出了对句"秋风吹渭水"。

得意忘形中，贾岛不知不觉就冲进了刘栖楚的车队。

蹲拘留所的那一宿，我怀疑贾岛一点也不后悔吧。对他这种"诗奴"而言，能写出满意的诗句，能有什么比这个更有成就感？

32岁那年某天，贾岛从长安到洛阳，终于如愿见到韩愈。

几杯清茶下肚，韩愈语重心长："还俗吧，考试去！"

文化人最容易让内心波涛汹涌的，就是得到前辈的肯定。可能贾岛之前也千百次想过还俗这个问题，他痛恨寺庙的生活。但是生活的困苦，始终让他拿不定主意。韩愈的一句话，瞬间就坚定了他的决心。

很快就办理了还俗手续。

带着简单的包裹，贾岛从来没有那么信心满怀。他的下一步计划，就是参加科举考试。

第二年，也就是32岁那年，贾岛参加了科举考试。

然而命运太捉弄人。第一次，落榜！第二次，又落榜！！第三次，还是落榜！！！

不得不说，落榜似乎是苦吟诗人的必经之路。想想当年孟郊，还不是多次才考中嘛。

考来考去考不中，贾岛火了。觉得自己满腹经纶，没有理由考不中的，一定是那些道貌岸然的权贵看我不顺眼，故意针对，都一起来害我。

千万不要惹诗人生气，生气的后果就是惹出牢骚诗——《病蝉》就这么出来了。

| 贾　岛 |

> 病蝉飞不得，向我掌中行。
> 折翼犹能薄，酸吟尚极清。
> 露华凝在腹，尘点误侵睛。
> 黄雀并鸢鸟，俱怀害尔情。
>
> ——贾岛《病蝉》

他说："你们这些看起来衣着光鲜的黄雀、鸢鸟，全是心怀鬼胎，想着法子来害我！"

《鉴诫录》记载："贾又吟《病蝉》之句以刺公卿，公卿恶之，与礼闱议之，奏岛与平曾等风狂，挠扰贡院。是时逐出关外，号为十恶。议者以浪仙自认病蝉，是无抟风之分。"

呵呵，"考场十恶"的恶名从此被扣上，还如何翻身？

> 两句三年得，一吟双泪流。
> 知音如不赏，归卧故山秋。
>
> ——贾岛《题诗后》

"两句三年得，一吟双泪流"，一个人究竟有多执着，才三年得两句？这个过程有多艰难，看看诗人"一吟双泪流"就知道了。

别以为贾岛是在对自己追求完美的概括性总结而已，事实上他是真的有这样的例子。就是说，他真的有两句诗历经两年，才苦苦获得。

那是什么样的两句诗呢？——"独行潭底影，数息树边身。"就

是这两句，似乎并不出名呀。诗意是说单独走路的人只有潭底的影子跟他相伴，疲倦了也只能一次次靠着旁边的大树休息。

三年来，为了这两句诗，贾岛寝食难安，一有空就在脑子，在纸上进行文字拼接游戏，该用哪个词，该用哪个字？他反复斟酌，不断推倒重来——功夫不负有心人，三年了，终于写出了满意的诗句。

这来之不易的结果，竟让一个七尺男儿痛哭流涕。是辛酸，也是欣慰。

抹掉泪水，贾岛挥笔写下《题诗后》，写尽自己的内心感受。

有意思的是，三年憋出来的那两句，却没有三分钟写出的《题诗后》那么出名。由此可见，灵感总是最珍贵，真正的精品，总是可遇不可求啊。

孟 郊

听妈妈的话，我错了吗

唐代的读书人都很注重研学。访名山大川，访诗坛文坛大咖，然后逐渐形成自己的风格。李白这样，杜甫这样，王维这样，高适王昌龄也都这样。

但有两个诗人例外，一个陈子昂，一个孟郊。这两个诗人，诗歌造诣不谓不深，但却因为起步太晚，错过了学习的某些关键期，导致他们的人生有不少缺憾，让人唏嘘。

说说孟郊吧，那个把母爱写进了中国人骨子里的中唐诗人。

孟郊的出生波澜不惊，没有李白出生时妈妈梦见"太白金星"，没有苏轼出生时家乡"草木俱枯"。他的家庭背景很寻常，一个做小官的父亲，一个勤劳本分的母亲。没有大富大贵，勉强算是中等生活水平的城镇居民。

这样的生活也不见得不幸福。关键是孟郊10岁那年，父亲去世了，孟家的生活就真的跌入了谷底。那是直接导致孟郊人生变化的转折点。

不得不说，孟郊的母亲非常伟大，她不仅挑起了养活一家人的重担，还时刻不忘对子女的教育，这为孟郊过硬的诗歌水平打下了很好

孟 郊

的基础。

也不得不说，孟郊是个丝毫不需要母亲操心的乖孩子。晨起读书习文，白天跟着叔伯料理农事，帮母亲照顾两个年幼的弟弟。在他的眼里，母亲很伟大，她太难了，必须要帮她支撑起这个家。

很多时候，听话是孝顺最直接的表现。

在很长的时间里，孟郊都是妈妈得力的助手。别人家的读书娃，二十岁左右的光景就想办法走出家门，去游历，去长见识，去努力争取社会资源，一切为了科考。但是孟郊不能，他不能丢下两个需要照顾的弟弟，他不忍心把家庭的重担全部丢给母亲。这个家，太需要他了。

这么个不用操心的孩子，谁家的谁欣慰。

30岁那年的一天晚上，累了一天的孟郊捧起书，打开属于自己的个人生活模式。妈妈推门而入，坐在床沿边上，慈爱地端详她的大儿子。而立之年，日子过得飞快，孩子青春的面容竟然也有了岁月的痕迹！当妈的心里泛起一阵愧疚，为了这个家，孟郊竟然一直过着不属于年轻人的生活，再不弥补，他就荒度青春了。

妈妈眼里泛着泪花："儿，你出去走走吧！"

就是那个晚上，妈妈决定让孟郊走出去。外面很大，世界很精彩，一个有抱负的人不应该只有眼前的苟且，还应该去体会远方名山大川自带的诗意。

腹中已有万卷书，只差脚下万里路了。

虽然从来没有离开家乡，孟郊却在饱读诗书的过程中胸怀大志，为国效力是他的理想。他预感到，经过一番游历，定能以满腹经纶惊

天下，成为国家栋梁。

转眼又过了10年，已经成家的孟郊还是没有立业。

一直没有参加科举考试，不知道孟郊都在想什么。没有信心？不是，他对自己的才华历来信心满满。不屑于科考吗？不可知，有可能。

反正在40岁那年，在家人的目送下，孟郊离开家，目的地——帝都长安！

妈妈只一句话就让孟郊做了科举考试的决定："儿，你去考试吧！"

妈妈开口的事，孟郊怎能不听。

之前，妈妈让他照顾家，他没有二话，生活的半径不超过十公里；如今让他去考取功名，他义无反顾。

自己的生活让妈妈为之安排，是幸还是不幸？

他也许想过，也许从来不想，反正就这样，孟郊来到了长安。其实妈妈如果早几年这么说的话，会不会早就改变孟郊的人生轨迹？只是世上没有如果。

很快，孟郊发现自己和外面的世界格格不入。说话的方式、交往的礼节，本来"知书达理"的他，竟然显得局促不安，很多时候手足无措，别说优雅举止了，有不少举动竟然是不合时宜的。

一个不惑之年的诗人，突然发现自己是个没见过世面的人。这样的发现让他很是不安，他才惊觉自己错过了很多东西。原来，知识不仅仅在书上，更在生活中，它需要积累，需要沉淀。

你不走出去，你一直宅着，时代怎么可能一直等你呢？

孟 郊

想当初，踌躇满志的孟郊，觉得自己厚积薄发，考上肯定是没问题的。尽管在知识面上、在交际上确实不够理想，但科举考试不就是笔试吗？谁怕！

但是事与愿违。

第一次，金榜未题名。孟郊自然是失望的，一直在反思自己哪方面做得不够，同时安慰自己——有多少人一次就考上的？

第二次，满怀期待再次考试，还是以落榜收场。

> 一夕九起嗟，梦短不到家。
>
> 两度长安陌，空将泪见花。
>
> ——孟郊《再下第》

从满怀期待到反思，到重整旗鼓从头再来，接连两次失败让孟郊很是压抑，甚至有点愤怒起来。看来，科举考试不是想考就能考中的啊。

而在长安的日子里，孟郊过得非常不如意。在人潮汹涌的帝都，他觉得自己根本无法融进去，迎面的都是鄙视的眼光。

他想到了东都洛阳附近的嵩山，很多落魄的读书人选择在那里"隐居"，目的是钓取功名。孟郊也随波逐流，在嵩山租了个地方住下。只是没多久，可能觉得很荒唐吧，觉得这样的方式并不符合他的人生观，又回到了长安。

很幸运，孟郊在这个时期认识了韩愈。韩愈爱才，他对孟郊很欣赏，没有因为他的"另类"而看不起他。公元792年，韩愈特意

写了一首《孟生诗》，让孟郊带去徐州找张建封。诗很长，把孟郊当时的境况写得很真实。

> 孟生江海士，古貌又古心。尝读古人书，谓言古犹今。
> 作诗三百首，窅默咸池音。骑驴到京国，欲和熏风琴。
> 岂识天子居，九重郁沈沈。一门百夫守，无籍不可寻。
> 晶光荡相射，旗戟翩以森。迁延乍却走，惊怪靡自任。
> 举头看白日，泣涕下沾襟。谒来游公卿，莫肯低华簪。
> 谅非轩冕族，应对多差参。萍蓬风波急，桑榆日月侵。
> 奈何从进士，此路转岖嶔。异质忌处群，孤芳难寄林。
> 谁怜松桂性，竞爱桃李阴。朝悲辞树叶，夕感归巢禽。
> 顾我多慷慨，穷檐时见临。清宵静相对，发白聆苦吟。
> 采兰起幽念，眇然望东南。秦吴修且阻，两地无数金。
> 我论徐方牧，好古天下钦。竹实凤所食，德馨神所歆。
> 求观众丘小，必上泰山岑。求观众流细，必泛沧溟深。
> 子其听我言，可以当所箴。既获则思返，无为久滞淫。
> 卞和试三献，期子在秋砧。
>
> ——韩愈《孟生诗》（孟郊下第，送之谒徐州张建封也）

韩愈说孟郊"异质忌处群，孤芳难寄林"，点出了他难以入众的性格。结尾的"卞和试三献，期子在秋砧。"很明显地说希望孟郊在来年的科举考试中金榜题名，这个暗示很直接。

看见没，韩愈在题目后特意说明，这首诗是写给徐泗节度使张建

孟 郊

封，举荐孟郊的——"孟郊下第，送之谒徐州张建封也"。张建封是中唐著名大将，正义、有勇有谋。二十来岁的时候来到南方，把落后的徐州治理成远近闻名的经济重镇。

卢纶写的《和张仆射塞下曲六首》，这个"张仆射"就是张建封。如果你还是觉得张建封很陌生的话，看看组诗中最著名的这两首——"林暗草惊风，将军夜引弓。平明寻白羽，没在石棱中。""月黑雁飞高，单于夜遁逃。欲将轻骑逐，大雪满弓刀。"这下该有印象了吧？小学课本都出现过。

有韩愈向张建封强力举荐，张又是个靠谱的人，孟郊是遇到贵人了。

46岁那年，孟郊的妈妈温柔地征求儿子的意见：又到科考了，要不，咱再搏一回？

孟郊背起包袱就走。人有时候就是那么奇怪，你明明对一样东西没有兴趣，却还是毫不犹豫地去做。妈妈对自己的影响，实在是太大了。孟郊从来没有拒绝过妈妈，他从小就这样。

神奇的是，这一次孟郊考中了！

于是，孟郊的《登科后》高调诞生。知名度，在孟郊的作品中仅次于《游子吟》。

昔日龌龊不足夸，今朝放荡思无涯。

春风得意马蹄疾，一日看尽长安花。

——孟郊《登科后》

曾经很喜欢"春风得意马蹄疾,一日看尽长安花"这一句,读懂了孟郊之后,觉得他的眼界不高,格局太小,一场考试就忘乎所以,也才明白为什么这首诗不如《游子吟》那么家喻户晓了。不过,几年的科考过程,只有孟郊知道到底经历了什么。那是最真实的孟郊,能为实现母亲的夙愿而狂喜,难道错了吗?

兴高采烈之余,孟郊最不能忘记的,除了母亲的鼓励,还有韩愈、张建封的知遇之恩。

孟郊确实是为了母亲而考试的。在中举的狂喜之后,他就返乡了,根本不在乎当官。似乎他的考试仅仅是为了母命,考上了就完成任务。

四年的时间,他一直在家里,专心服侍母亲。

四年后,在妈妈的建议下,孟郊二话不说,入朝为官,远赴江苏溧阳做县尉。

孟郊带上妈妈赶赴溧阳。最著名的《游子吟》就是这个时候诞生的。他当然很欣慰,完成了妈妈的夙愿,对他来说比什么都强。

> 慈母手中线,游子身上衣。
> 临行密密缝,意恐迟迟归。
> 谁言寸草心,报得三春晖。
>
> ——孟郊《游子吟》

然而,当官本就不是他的意愿,加上性格缘故,他这官当得磕磕碰碰,战战兢兢。做得不好,甚至到了县令很生气,让人帮他干活,分去他一半俸禄的地步。

| 孟 郊 |

再后来——辞官！

让人惊讶的是，辞官的决定是孟郊的母亲提出的。她一定看到了儿子的痛苦吧，不忍心让他这样受折磨，不如回家种红薯。

他的族叔孟简这么写：东野（孟郊）既以母命而尉，宜以母命而归。

之后，孟郊的生活发生了非常大的变故。

他的四个儿子陆续夭折，最大的才十多岁。母亲也在之后离世。

可想而知，晚年丧子、丧母的孟郊有多么痛苦！而他自己呢，没有生活来源，生活境况堪忧。

公元814年，宰相郑余庆出任山南西道节度使，邀请孟郊做参谋。64岁的孟郊枯树发新枝，也是够开心的。然而，赴任的半路，可怜的他竟暴病身亡。

家里一贫如洗，连后事都没办法处理，还是郑余庆帮忙料理的，真是唏嘘！

后　记

　　如果孟郊早一点走出家门，在少年的阶段接受少年的历练，他的人生之路就不会"缺钙"，就能像王维那样面对社会的各种挑战，兵来将挡，水来土掩。也能像杜甫那样，人生纵使有太多苦恼也从不放弃。

　　"听妈妈的话"不是坏事，坏的是在听的时候没有自己的分析，没有主见。悲剧往往就是这样埋下伏笔的。

戴叔伦

这个诗人很低调,做事超认真

公元 789 年春，几场春雨过后，乍暖还寒，地处岭南的容州（今广西容县）却已经春色盎然。

容州府内，一群人正围在一起，忙碌着挖坑，坑旁搁一棵带泥的荔枝树。戴叔伦坐在一旁的椅子上，不时弯腰咳嗽，看起来精神还不错。

"大人，坑挖好了，您看——"

戴叔伦摆摆手，说一句："让我来。"

颤颤巍巍的，戴叔伦弓着身子缓缓站起来，将树苗安放好，然后一揪一揪的，仔细填泥。

一棵荔枝树，就这样迎来了它崭新的生命。

红颗真珠诚可爱，白须太守亦何痴。
十年结子知谁在？自向中庭种荔枝。

——戴叔伦《荔枝》

可是种树的戴叔伦却迎来了他生命的结束。

戴叔伦

半年后，在还乡的路上，他倒在了四川成都附近的清远峡。

在容州当刺史，兼御史中丞，官至容管经略使，统揽容州军政大权，官做得可真不小。藩镇割据是安史之乱爆发的重要原因，安史之乱刚平息不久，能让戴叔伦担任这么重要的职位，可见皇帝对他非常信任。

戴叔伦本就不是个官迷，但身在其位，就会尽心尽力。所以他在容州的时间虽然不长，但是工作照样做得有声有色。

《唐国史补》有这样的记载："贞元五年，初置中和节。御制诗，朝臣奉和，诏写本赐戴叔伦于容州，天下荣之。"当时中和节刚刚设立，皇帝唐德宗专门给戴叔伦写一封慰问信，"天下荣之"，就是以戴叔伦为榜样，天下人都应该向他学习。

在容州府种下荔枝，应该是戴叔伦很朴素的想法。疾病缠身，他知道自己不久就将离开容州，总要有点什么东西留下来吧，给老百姓留个纪念也好。

今天，唐代的容州府遗址已经不留一砖半瓦，更何况一棵荔枝树呢。有人说那时候戴叔伦种下的荔枝，味道独特，有点涩，后人称之为"戴叔荔"——那不过是美好的想象吧。今天看来，那时候的荔枝应该都是最本原的品种，大概率是黑叶荔这些最为常见的品种。

种下荔枝没多久，戴叔伦离开容州，告老还乡。

惊喜的是，离开容州的路上，戴叔伦竟然遇到了好朋友——茶圣陆羽。

西南积水远，老病喜生归。

此地故人别，空馀泪满衣。

——戴叔伦《容州回逢陆三别》

尽管戴叔伦对容州一片深情，但毕竟远离故土，老病之时，渴望回家的心情谁不理解呢！从他写给陆羽的诗可以看到，既有老友相遇的喜悦，又有"老病喜生归"的喜极而泣。

戴叔伦的家境和很多人不一样，爷爷和父亲都是终身不仕的隐士。

小时候，戴叔伦拜著名的学者萧颖士为师。小戴聪颖过人，记忆力尤其厉害，到了过目不忘的地步，据说他"诸子百家过目不忘"，是萧颖士最为看重的学生。

父亲并没有让儿子也当隐士的想法。但毕竟是从小耳濡目染的熏陶，戴叔伦似乎从来就没有当官的念头。在他的眼里，随遇而安是最好的人生哲学。内心恬淡，他并没有太多的欲望。

然而世道不太平，好事的人总不让安静的人一直安静。先是安史之乱，然后是永王李璘要跟大哥李亨抢皇位，闹出不大不小的兵乱。这么一来，人们就到处避难去了。戴叔伦和家人一起，跑到了江西鄱阳。

逃难总是和温饱问题连在一块。本来家境就一般，远离家乡的戴家很快就陷入了生活危机的困境。

眼下最重要的是填饱肚子。父母将目光投向了 25 岁的戴叔伦——言下之意再明显不过：小子，到你担当的时候了！

怎么维持生计呢？小戴想过做点买卖，但是商人的社会地位太低

|戴叔伦|

了，他可不想让人嘲笑；搬砖吗？细胳膊细腿的，就怕搬不动砖，反让砖砸了。

"读书人，做文化人的事呗。"老父亲一语惊醒梦中人。对，我找人去！戴叔伦急忙通过各种关系，看是否有一些门路。

后来，有人告诉戴叔伦，可以去跟户部尚书充诸道盐铁使刘晏毛遂自荐，也许有用，那刘晏爱惜人才。

精心准备了几首诗，又模拟、预演了好多个版本的见面场景。戴叔伦终于找到了刘晏。

内心恬淡的人，心理素质往往很好。戴叔伦和刘晏的交谈很顺畅——这个年龄不大的小伙子，给刘晏的感觉是思路清晰、敏捷，而且有一种同龄人少有的沉稳。看了他的诗作，更是增添好感。

戴叔伦遇到了"贵人"，他很快就直接在刘晏的幕下任职。三年后，刘晏推荐，戴叔伦任湖南转运留后。此后，又陆续任涪州督赋、抚州刺史，后来再到容州刺史。

只不过是逃难路上迫于生计的需要，戴叔伦就当了官。想想，有才华的人就是这么任性。

不过，戴叔伦并没有官瘾。要不是生计，他也会像父亲、爷爷那样选择做个坐看云起云落的隐士。所以，他的诗作更多的是以田园为题材。年老的时候，他甚至向皇帝申请，希望满足他归隐修道的愿望。

戴叔伦无意当官，但是既然当官了，就会认真做好。这么一个"认真"的人，怎么不让人敬佩！

都说三岁看老，小时候的戴叔伦就已经透出一股令人惊讶的认真劲了。

小时候，估计也就是七八岁的光景吧。有一天老师萧颖士心情大

好，带着他到白店逛。

正是雨过天晴，眼前的景物焕然一新。那时候的读书人，随便一个景物都能吟诗作对，先生亦不例外。他想逗逗戴叔伦，信手拈来路上看到的景物来作诗，也让小叔伦试一试。别看他年龄小，很多时候都能对上先生。一老一少，一师一生，游走在乡间路上，说说笑笑，对对答答。

"喔喔喔……"一只浑身雪白的公鸡在俩人面前跳上大石头，引颈高歌，旁若无人。

先生一愣，灵机就动了，信口拟出上联——"白店白鸡啼白昼"。然后头也不回，拖着长长的腔调："娃儿，到你了！"

该怎么对呢？小叔伦这次可没那么快想出来。小眼睛骨碌碌直转，希望目及之处，有什么可以入诗的景物帮他对出先生的上联。这样，一路走一路想，就是喝茶歇息的时候也在思考。可怜的娃，一直到了日头偏西，还是想不出恰当的对句。

天都要黑了，两人急匆匆赶路，走到一个叫黄村的地方，恰巧碰到一条黄色的大狗从大门内窜出来，凶狠地追着他们狂吠。被吓了一跳的戴叔伦，却把灵感给吓出来了。

"先生先生，有了有了！"戴叔伦扯住先生的衣袂，脆生生念出下联："黄村黄犬吠黄昏。"

先生不禁大赞，拉着戴叔伦疾走，拐上小镇的小酒馆——"小二，上鸡腿！"

先生赞赏戴叔伦，并不仅仅是他对出的绝妙下联，更欣赏的，是他的认真劲！

| 张志和 |

放皇帝鸽子，我愿意做个钓鱼翁

（一）

公元 758 年的一个清晨，张志和跨上马，在透着凉意的晨风中离开长安城。一对童男童女紧随其后，主仆三人穿过人气渐浓的大街，走出城门。

径直往北走了三里，迎面是缓缓流动的渭河水，薄薄的雾霭在水面上缓缓游动，若即若离。身后的长安城，渐行渐远。

11 年前，16 岁的张志和明经及第。进入京城，少年得志，皇帝恩宠，何等满怀壮志啊。世事总难料，谁曾想到会沦落到今天这般田地呢！

"再见了，长安；去你的吧，官场！"

站在渭河桥上，张志和回望了一眼长安城。晨雾蒙蒙，巍峨的大明宫时隐时现，如梦如幻，一如海市蜃楼。

"驾——"张志和一拍坐骑，主仆三人头也不回，绝尘而去。

朝廷的人都知道，张志和辞官回家奔丧去了，却没人想到，他此去就不打算再回来。

不回来，是因为心里受了伤。

6 岁就能写诗作文的张志和，当时的名字还叫张龟龄，家在安徽祁门县。天才注定是不被埋没的，8岁时就被召进宫里，特许陪太子李亨在东宫读书；16岁参加科考，一举中第；20岁，李亨为他钦赐御名，改称张志和。

天才的人生之路，早早就铺上了红地毯。

安史之乱爆发后，李亨在灵武称帝，张志和和他并肩作战，为唐朝收复失地，剿灭安禄山反贼立下了汗马功劳。这个时期，张志和利用他的聪明才智和过人的胆略，成为李亨身边最为倚仗的大将。

忠心耿耿的张志和，只要愿意，必然是唐肃宗重整河山的功臣。他的仕途之路，具有别人难以比拟的优势。

由于巩固帝位心切，李亨答应了回纥的无理要求（漠北的回纥曾经在镇压安史之乱中帮了唐朝）——等到夺回京都长安，土地、士庶都归唐朝，金帛、子女都归回纥。张志和觉得他们的条件太苛刻，提醒皇帝三思而后行。唐肃宗不但不听，还听从了一些大臣的谗言。这些奸臣，趁机要挟张志和，想方设法让他受罚——于是，张志和被贬。

没够一年，唐肃宗才发现错怪了张志和，因为不听从他的劝告，回纥兵在收复长安和洛阳之后，大举扑入京城，犹如群狼入鸡舍，肆无忌惮地烧杀掠抢，一时间血流成河，百姓苦不堪言，惨不忍睹。

没够一年，李亨赦免张志和，宣布无罪。亡羊补牢，皇帝的反思其实很值得点赞。

可是张志和却对官场心生厌恶起来。他不知道明天会怎样，可能因为慎重行事而日子安定，也可能莫名再度被贬，谁知道呢。

很多个不眠之夜，张志和辗转反侧，内心进行激烈的思想斗争。读书，科考，一切都是为了出人头地，为了光宗耀祖。而今，算是实现了目标，这条路却没有想象中那么好走。

当官不能说实话吗？官与官之间要怎么提防才能明哲保身……烦死了！张志和从来不想把自己搞得那么复杂——简单点，容易招来横祸；复杂一点，违背意愿又让内心痛苦。

那就走吧，回老家去，做个自由的归隐者！

快刀斩乱麻，决定已下，张志和瞬间浑身轻松。

恰逢父亲去世，张志和辞官守孝。皇帝赐了他一奴一婢，张志和自然笑纳，给他们各取了很诗意的名字——"渔童"和"樵青"。

从此，张志和遁入民间，悄然开始他悠闲的"渔夫"生活，"浮三江，泛五湖"。

守孝期满，又遇上妻子又突然去世。人生如此无常，这样的打击更加坚定了张志和"渔隐"的决心。

买钓具，买舴艋舟，带着渔童和樵青，张志和告别亲朋，到处寻找垂钓的好去处。

一般喜欢钓鱼的，叫垂钓爱好者；程度升级的叫垂钓发烧友；张志和是什么级别呢？我想现在很多自诩"发烧友"的肯定比不上他吧。你看看哦，为了钓鱼远离家乡——先是顺着水路到黄山、绩溪等地，又到了长江中下游一带，都不太满意。最后当来到湖州的时候，眼前的美景把张志和吸引住了，苕溪上游，西塞山、八字山安然矗立。

这里远离战乱，还有一些老朋友在附近隐居。得，就这里了！

"朝廷若觅元真子，不在云边则酒边"，张志和自称"元真子"。他知道李亨一直等着他回朝廷当官，现在又到处差人寻找他，于是写了一首《自歌》。据说朝廷的官员来到湖州的时候，看到这首诗以后也便死心了。张志和的隐居，可不是一般隐士的"矫情"，他是真的归隐，他再也不喜欢官场的生活，谁劝也没用。

张志和

几年后，唐肃宗李亨驾崩。消息传来，张志和怅然若失。这个亦天子亦同学的故人，伤害过他，但更多的时候很尊重他。这些年能优哉游哉地"渔隐"，是有个皇帝"罩"着啊，这样的幸福，常人可难有啊。

> 七泽三湘碧草连，洞庭江汉水如天。
> 朝廷若觅元真子，不在云边则酒边。
> 明月棹，夕阳船。鲈鱼恰似镜中悬。
> 丝纶钓饵都收却，八字山前听雨眠。
> ——张志和《自歌》

隐居，对古代的官场来说，很多时候不过是自欺欺人的把戏。名利场的诱惑，到底让太多人无法抗拒。所以明摆着告诉别人"我归隐了"，实际上却很高调，明摆着告诉朝廷"我在这里呢"，时刻打听朝廷动态，巴望着什么时候有人来把自己请回去。

矫情，这不就是矫情吗？

可是看张志和这首《自歌》，没有一个字让你怀疑他隐居的动机。明月棹，夕阳船，镜中悬的鲈鱼，收完钓饵，在雨声中酣然入睡……这个优哉游哉的"渔夫"，极度享受钓鱼带来的乐趣。有简单而实在的快乐，无须考虑太多东西，正是张志和想象中的生活。

想想，要让他回到朝廷，重新过上污浊、疲惫的生活，张志和才不干呢。

在湖州隐居了5年，因为老家祖屋发生变故，必须要回家照应，张志和只好结束了美好的生活，回到安徽老家。但是仍然过着归隐的生活，只是方式变化了而已。

有意思的是，他过着"门隔流水，十年无桥"的生活，与世无争。

大概是害怕别人打扰吧，他故意修了一条"护家河"，从门前流过，没有桥，门口拴一艘破烂的舴艋舟。

公元 774 年 8 月的一天，十年闭门不出的张志和突然换上新衣服，坐上破旧的舴艋舟浮江而上。新衣服，是大嫂赶着帮他缝制的，多年不出门，他已经没有见人的衣服了。

张志和出门，一定是不寻常的。

原来，刺史颜真卿在湖州专门为他设了一场宴会，为了避免张志和尴尬，同时到场的还有 60 多名文人雅士。其实张志和何等聪明，他知道颜真卿是真心实意劝他出山，要他助一臂之力的。

那时候，颜真卿花了几年的时间编撰大型文集《韵海镜源》，但总觉得不够完美，需要做得更好，必须要一个能力强的人帮忙才行，而文、诗、画、歌样样都拿得出手的张志和是最好的人选。但是他对名利已经那么淡泊，肯帮这个忙吗？颜真卿心里也是没底。

宴席开始，张志和自然是众星捧月的对象。你一杯，我一杯，众人纷纷来敬酒，他呢，来者不拒。

喝到微醉的时候，颜真卿提议大家填词助兴。他先开头，吟诵了五首《渔父词》。

张志和一听，心里就乐了，这老颜啊，果然是煞费心机哟。他的五首词，无一不是话中有话，提醒他水上作业危险不小，言外之意是"不如归来，共创伟业。"

轮到张志和了，已经喝得浑身舒畅的他毫不推辞，内心早就一片通透。

取笔，铺开宽大的芭蕉叶，丝竹奏起《渔父》的曲调，张志和引吭高歌，俯仰之间，手起笔落，五首《渔父词》行水流云，一气呵成。

张志和

其一
西塞山前白鹭飞，桃花流水鳜鱼肥。
青箬笠，绿蓑衣，斜风细雨不须归。

其二
钓台渔父褐为裘，两两三三舴艋舟。
能纵棹，惯乘流，长江白浪不曾忧。

其三
霅溪湾里钓鱼翁，舴艋为家西复东。
江上雪，浦边风，笑著荷衣不叹穷。

其四
松江蟹舍主人欢，菰饭莼羹亦共餐。
枫叶落，荻花干，醉宿渔舟不觉寒。

其五
青草湖中月正圆，巴陵渔父棹歌连。
钓车子，橛头船，乐在风波不用仙。

——张志和《渔歌子》

好一句"斜风细雨不须归"，张志和轻描淡写之间，就笑盈盈地婉拒了颜真卿。不是高手，谁是高手？

尤其是我们熟悉的《渔歌子·西塞山前白鹭飞》，简单的一首词，27个字，千年来却让世人不停传诵。就是它，49年后传到日本，日本天皇嵯峨喜欢得不得了，让大臣们来模仿，结果嘛，当然东施学西施。到现在，这首作品甚至还被编进了日本教科书，这影响力，太牛了。

（二）

张志和这个"唐代第一词人"可不一般。他的粉丝团，那可是相

当豪华的队伍啊：身后有唐朝宰相李德裕、宋代大文豪苏轼、日本嵯峨天皇等，生前有书法界名震四方的颜真卿。

李德裕虽不是诗人，在当时可是名震四方的官场大腕，而另外两个，还用说吗？颜真卿和苏轼，名气实在太大。

李德裕是谁？"唐代政治家、文学家、战略家，牛李党争中李党领袖，中书侍郎李吉甫次子……"这是头条百科对李德裕的介绍。

在广西玉林著名的"鬼门关"，有一块今人制作的石碑，石碑上刻着李德裕的诗——"一去一万里，千知千不还；崖州在何处，生度鬼门关。"被谗言所害，宰相李德裕被贬崖州（海南岛），在经过鬼门关的时候，这个可怜的政治牺牲品感慨不已。当时的人都说，过鬼门关，基本就是没有生还的机会了。李德裕确实就是这样，忐忑地翻越鬼门关后，最后病死在遥远的崖州。

李德裕可是实打实的，张志和的忠粉。

有一天，李德裕在宫中看到一幅先帝唐宪宗留下的画，是张志和画像，题记写"访求玄真子《渔歌》，叹不能至"。玄真子就是张志和，原来唐宪宗曾经为找不到他的《渔歌子》后四首而苦恼。当时，日本天皇让使者来唐求词，他们对张志和佩服得五体投地。但是派人寻找未能如愿，皇帝老子也无可奈何。

李德裕本来就是张志和的超级粉丝，对他崇拜不已，更何况李家和张家是世交，他决定试一下，看能否实现先帝的遗愿。

结果，几经周折，李德裕还真是找到了。不知道是找到原稿了（大概率不是），还是张家后人有所记录，反正是通过他的努力，总算补全了《渔歌子》。（这四首诗，前文有提及）

不仅唐宪宗感谢李德裕，所有的中国人都要感谢李德裕。要不

张志和

是他,张志和另外那四首文物级别的词,到今天肯定只能凭空想象了。(当时颜真卿在宴会上即席写出的五首《渔歌子》就没有流传下来。)

说到李德裕,那真是太可惜了。作为晚唐有名的良相,杰出的政治家。当时"牛李党"争得天昏地暗,朝廷被闹得一地鸡毛。作为李党的代表人物,李德裕尽管才华横溢,做出了很多功绩,但政敌太多了,总想着各种办法来置他于死地,这个宰相,他做得并不安心。

李德裕的辉煌,仅仅是在唐武宗时期短短的六年。唐武宗驾崩了,接任皇位的唐宣宗不喜欢他,甚至对他的能力有点害怕。结果是,新皇帝即位的第二天,李德裕就被无情贬谪。

朝廷先是命他出任荆南节度使,没多久就贬为潮州司马。大中二年(848年),李德裕再次被贬谪流放到崖州。

到了北宋,红透半边天的大文豪苏轼也是贬到崖州。只是他回来了,李德裕却没能,他最终病死在贬谪地。

张志和应该是不知道鬼门关的,但是李德裕知道;李德裕当然也没见过张志和,但是对他的诗歌早就烂熟于心。世间之事,不同的时空,总会在不经意间有莫名的交集,尽管这样的交集未免过于唏嘘。

苏轼有一首诗《浣溪沙·渔父》,要是你第一次见到的话,99%可能和我一样惊掉下巴——什么情况?大文豪居然直接"用"人家张志和的作品!

你来看看就知道了——

西塞山边白鹭飞,散花洲外片帆微。桃花流水鳜鱼肥。

自庇一身青箬笠,相随到处绿蓑衣。斜风细雨不须归。

——苏轼《浣溪沙·渔父》

再来看看张志和的这首词。

　　西塞山边白鹭飞，桃花流水鳜鱼肥。
　　青箬笠，绿蓑衣，斜风细雨不须归。
　　　　　　　　——张志和《渔父歌·其一》

一对比，哈哈，苏轼 42 个字的诗歌，只有 15 个字是自己的，究竟是苏轼脸皮太厚，还是张志和的词实在太美，美到让人无法不爱？其实啊，这只能说苏轼调皮的一面罢了。

张志和的作品的确浑然天成，不加修饰，属于纯天然无添加的那种。更何况，在唐诗为文化主流的唐朝，能出词作本就难得，要命的是他还那么厉害。作为宋词大家的苏轼崇拜得不得了。

不过也有人说，那首词那么让苏轼青睐，恐怕跟"鳜鱼"有关吧。苏轼就一大吃货，没什么美食能逃得过他的魔爪……哈哈！

——张志和的词写得如此美，不妨尝一下他念念不忘的鳜鱼呢——这么一尝，不得了！苏大吃货停不下来了，边吃边作词，于是便有了他最省心，却"抄袭"得那么理直气壮的词作。

叫人目瞪口呆的是，这苏轼啊，不但自己吃了鳜鱼，又"创作"了一首不错的词，还意犹未尽，带着自己的徒弟黄庭坚一起，乐此不疲地玩起了"渔父词"。你猜黄庭坚怎么玩？唉，这货比他师傅更狠，不仅照搬了张志和的作品，顺带连师傅苏轼刚写过的那首也不放过。

来看看黄庭坚写的《鹧鸪天·西塞山边白鹭飞》——

　　西塞山边白鹭飞。桃花流水鳜鱼肥。
　　朝廷尚觅玄真子，何处如今更有诗。

张志和

青箬笠，绿蓑衣。斜风细雨不须归。

人间底是无波处，一日风波十二时。

——黄庭坚《鹧鸪天·西塞山边白鹭飞》

哈哈，我猜这应该是某天苏轼和黄庭坚一起聚餐的时候，两人就着美味的鳜鱼喝酒，一边对鳜鱼之鲜美赞不绝口，一边不断讨论张志和该不该逃避皇帝，躲到西塞山天天钓鱼云云。喝到脸红耳热的时候，文人总要做点文人该做的事——填词助兴吧。顺序呢，自然是师傅先来，徒弟跟上。结果，必定是师徒俩哈哈大笑，想必还手舞足蹈的，来一番声情并茂的演唱吧。宋词音乐感太强了，音乐和词是标配，哪能缺了彼此？

师徒俩一起做张志和的铁杆粉丝，关键还是名震诗词江湖的"苏黄"。他们要是能穿越到唐代，张志和不知该有多受宠若惊呢。

前文讲到，颜真卿为了修书需要，大动干戈邀请张志和赴宴。

张志和穿着大嫂给他缝的衣服，驾着破旧的蚱蜢舟，吱吱呀呀的，总算如约来到颜真卿府上。

结果，张志和在癫狂状态下，用五首《渔歌子》巧妙婉拒了颜真卿的请求。

颜刺史生气了吗？怎么会！他不仅不生气，还瞅着张志和的破旧小船，充满同情地做了个决定：送你一艘全新的蚱蜢舟。

结果话说出来，张志和可真高兴，毫不推辞。对他来说，这船跟了他好多年，在西塞山钓鱼几年，在家里又几年，仆人都开始抱怨了，说出入买菜运柴多不方便，还不时玩漏水。

颜真卿说到做到，马上找人，找材料，紧锣密鼓地打造蚱蜢舟。

有意思的是，高调的颜真卿还专门搞了个交船仪式。贫困却乐观

异常的张志和屁颠屁颠地来领船。好一番展示"试驾"，然后又来一波赋诗助兴。诗人皎然写了一首《奉和颜鲁公真卿落玄真子舴艋舟歌》，题目和诗歌本身都有点长，来看看。

> 沧浪子后玄真子，冥冥钓隐江之汜。
> 刳木新成舴艋舟，诸侯落舟自兹始。
> 得道身不系，无机舟亦闲。
> 从水远逝兮任风还，朝五湖兮夕三山。
> 停纶乍入芙蓉浦，击汰时过明月湾。
> 太公取璜我不取，龙伯钓鳌我不钓。
> 竹竿袅袅鱼筵筵，此中自得还自笑。
> 汗漫一游何可期，后来谁遇冰雪姿。
> 上古初闻出尧世，今朝还见在尧时。
> ——皎然《奉和颜鲁公真卿落玄真子舴艋舟歌》

这个皎然，对看破红尘，遁世隐居的人特别有好感。他是茶圣陆羽的好友，经常去野外的居所拜访他。对张志和，他自然佩服得五体投地，从这首长诗就能看出来了。

有了新船，张志和太高兴了，每天都全副武装的，前去钓鱼，不再做宅男了。

只是万万想不到，这艘舴艋舟竟然要了张志和的命。

公元 774 年的某天，颜真卿和张志和一起，驾着新船去兜风。东游平望驿时，因大醉，张志和不慎在平望莺脰湖落水身亡。

唐代第一个名词人，竟然以这种方式离世，很让人措手不及。

不过，长眠在自己喜欢的地方，想必张志和也是很欣慰的吧。

李 绅

"悯农"的他，人品却众说纷纭

"锄禾日当午，汗滴禾下土……"

很多中国人尚未认字，《悯农》就先背得溜溜的。

就算诗红人不红，作者李绅对我们来说可以不知何方人士，但是恐怕所有的人都把他当作正面人物，浑身正能量的诗人吧。一说到珍惜粮食，勤俭节约，很自然就能想到《悯农》。

李绅就是中国的"节俭代言人"。

可是打开网页，我们看到的却并非如此。说他贪婪浪费、一意孤行、手段险恶的很多，反正，就是一开始很励志，后来人品很差的那种。

真正的李绅，是不是这样呢？

6岁丧父，李绅的童年充满了灰色。好在母亲不急着改嫁，而是带着他回到娘家，亲自教他诗书，为他日后考中进士奠定了重要的基础。

如今说起来似乎很简单，实际上在女人社会地位很低的古代，一个守寡的女人带着孩子生活，不知道历尽多少艰辛。这本已经不易，谁料到15岁时，相依为命的母亲也死了。李绅真

李 绅

正成了没有依靠的小草，漂泊不定，常常食不果腹，尝尽人情冷暖。

这样的生活背景下，李绅写出《悯农》太正常了。

而关于他的三首《悯农》，有一个蛮有意思的故事。

有一年，李绅回祖籍地安徽亳州访亲，恰好碰上当时的浙东节度使李逢吉进京奏事，途经亳州，便一起聚聚。两人是同榜进士，平时也常来往，彼此很熟悉。

登上城外的观稼台，两人极目远眺。

正是初夏，顺着观稼台的阶梯往前而去，只见远山近陌，农舍良田，满眼青翠。

李逢吉正是春风得意之时，眼前的盛景让他踌躇满志。凭借自己的努力，终于成就了今天的自己，可是打拼之难谁懂呢？

感慨之下，一句诗油然而出——"何得千里朝野路，累年迁任如登台。"他感慨的，是仕途的升迁实在不容易，要是像走观稼台这样的台阶，蹭蹭蹭就登顶该有多好啊。

然而一样是眺望远方，李绅看到的却是良田万亩背后的思考。他吟出来的，就是我们熟悉的那两首《悯农》。

> 锄禾日当午，汗滴禾下土。
>
> 谁知盘中餐，粒粒皆辛苦。
>
> 春种一粒粟，秋收万颗子。
>
> 四海无闲田，农夫犹饿死。
>
> ——李绅《悯农》

李逢吉一听，心里一紧，觉得这小子可真大胆，居然如此讥讽朝廷。于是嘴上一顿夸，直呼好诗，让李绅把诗歌赠予他，其实是想背后来一手，把他告上朝廷去，这样举报有功，兴许官加一级。

李绅哈哈大笑，说这诗太简单了，赠你太寒酸，我另外作一首吧。于是，李绅鲜为人知的第三首《悯农》诞生了。

垄上扶犁儿，手种腹长饥。
窗下织梭女，手织身无衣。
我愿燕赵姝，化为嫫女姿。
一笑不值钱，自然家国肥。

——李绅《悯农·其三》

李逢吉一看，心里大喊不得了，这可是举报"硬货"，比前两首还要赤裸裸，讽刺意味更浓。

结果李逢吉真的把李绅的《悯农》递到了皇帝手里。唐武宗立即把李绅召进宫里审问。

"陛下，这是微臣回乡所见，特意写下，还望陛下体查。"

唐武宗在和其他大臣商议之后，对李绅非常赞赏："久居高堂，忘却民情，朕之过也，亏卿提醒。今朕封你尚书右仆射，以便共商朝事，治国安民。"

李逢吉本想告发别人，得益自己，不想将李绅送上了更高的官位。

第三首《悯农》一直以来不为人所知，直到近代才在敦煌石窟发现。

李 绅

《云溪友议》记载，李绅还没混出名堂来的时候，常到一个叫李元将的族叔家里蹭吃蹭喝，人家待他很好，这李绅嘴巴也甜，每次叔叔长叔叔短地喊。

然而等到李绅混出点名堂来以后，一切都变了。不仅李绅不再亲热地喊叔叔，人家跟他说话，也爱理不理，特别讲究地位的高低。一句话，就是扮清高。

有一天，李元将来到李绅家里。这李元将为了巴结李绅，主动降低自己的辈分："大哥，弟弟有礼了！"

座上的李绅只在顾自品茶，眼也不抬一下。

李元将见状，心里着实紧了一下，叫大哥不行，看来得称叔叔了。

换成"叔叔"相称，想不到话说出口，对面的李绅仍然像没听见似的，还是不动声色。

李元将的冷汗开始冒了出来，不知该怎么办才好，进退两难。

实在没办法，李元将只好豁出去了——把自己当李绅的孙子！

"爷爷，为孙有礼了！"

这下李绅才转过身来，微微点头，扬手让李元将入座。

这时候的李元将，早已大汗淋漓，紧张不已了。

还有一件事，更是将李绅的"霸道"表现得淋漓尽致。

有一天，有人来报李绅，说有两个人当街打起来了。

将打架的人抓来一问讯，发现有一个是外地来的，说是一个宣州馆驿崔姓巡官的家仆，另一个是当地市民。崔巡官他是认识的，还是同科进士呢。更巧的是，崔巡官这次正是专程来拜访他的，想不到刚在旅馆住下，家仆就跟别人起了冲突。你猜李绅怎么做——他竟然不

分青红皂白，就将仆人和市民关了，一起处以极刑。这还不算，又下令把崔巡官抓来，瞪着大眼睛怒视："我们彼此认识，既然来了这里，为何不来相见？"

这突如其来的变故让崔巡官不知所措，连忙叩头谢罪，心里一万个不该此行的后悔。可李绅仍然不念旧情，把他绑起来，打了20杖。可怜的崔巡官吓得面如死灰，一动不敢动，甚至不敢哭一声。

族叔反过来当了孙子，友人成了罪犯。这样的荒唐事，李绅的人品骤然降低到了极致。

是真的吗？那个把中华民族节约美德写进诗歌的李绅，是真的成了反面教材吗？

搜索"头条百科"，李绅的"人物生平"没有写任何关于他负面的东西。事实上，关于李绅的人品差，正史都没有记载。

有人说，李绅人品差，实际上是当时"牛李党争"的牺牲品。因为他站队李党，和代表人物李德裕关系密切，是牛党的人想方设法给他泼脏水。

野史流传很广的"鸡舌汤"——传说李绅嗜好吃鸡舌，每餐必吃。一只鸡只有一条舌头，一餐饭得杀好多鸡，结果他家院子的鸡肉堆积如山。这个故事，无非就是想告诉世人：这个李绅道貌岸然，表面上说什么"谁知盘中餐，粒粒皆辛苦"，背后却暴殄天物，道德如此败坏。

想想就觉得不可靠——唐代时，养殖业肯定还不咋样，基本都是零星散养，那么就算李绅每天吃十条鸡舌，一个月就是300只鸡，

李 绅

一年3600只，哪来那么多鸡供应？要知道，皇帝都难有这样的待遇了。

据说，鸡舌汤是清代开始流传的一道名菜，而所谓的"名菜"，其实是专门用于给人抹黑用的。宋代寇准、明代张居正都被清人用"鸡舌汤"抹黑过，李绅只是其中之一。

事实上，"鸡舌"在古代是一种香料，又叫丁香、丁香母，官员上朝奏事都会在口中咀嚼鸡舌香，掩盖口臭，并不是公鸡母鸡的鸡舌头。我想，抹黑他的人，八成是混淆概念，将此"鸡舌"安到彼"鸡舌"上了。

李绅在晚年的时候还做了四年的宰相。宰相之位很重要，除非皇帝很混沌无知，否则宰相的人选一定是深思熟虑的结果。要是李绅道德如此败坏，唐武宗不可能让他做四年的宰相。

不过让人郁闷的是，和李绅同时代的刘禹锡曾经写了一首诗。

> 高髻云鬟宫样妆，春风一曲杜韦娘。
> 司空见惯浑闲事，断尽苏州刺史肠。
>
> ——刘禹锡《赠李司空妓》

这是唐代孟棨的《本事诗》记载的，通过这首诗，我们能看出被唤作"司空"的李绅家里排场很大，歌妓成群，还能随便赠送。"司空见惯"这个成语就是这样来的。

关于这个"司空"是不是指的李绅，学术界是有争论的。如果是的话，那么李绅的真实一面就让人叹息了。网上搜《赠李司空妓》，

发现几乎都是一样的注解，说这是刘禹锡在李绅家里喝酒，看到奢华的排场有感而发。

究竟是李绅真的"变质"，还是政界对手们的恶意炒作？一千多年过去，恐怕谜团越来越大。